そこにある希望

松本喜久夫

本の泉社

そこにある希望——目次

1　そこにある希望

1

暮れなずんだキャンパスの坂道を下って、校門からの石段を下りると、バス停がある。和歌山大学前駅へのバスが来るまであと五分ほどだが、今日は駅まで歩こうと思った。歩きながら、これから一人で飛び込んでいく世界の事をあれこれ考えてみたかった。

「あかりちゃん」

振り向くと、大学講師の戸田優子が立っていた。

「どないすんの？　歩くの」

「あ、はい」

「ほな、私も歩くわ」

戸田はいつも持ち歩いている真っ赤なキャスター付きのカバンを転がしながら、すたすたと歩き出した。杉田あかりは、少し戸惑いながらその後に続いた。話したいことがいろいろある。何から言おうか。感謝の言葉も、意気込みも、不安も。それらが胸の中をかけめぐって、なんとなく口ごもる思いだった。

戸田は、大阪市の小学校教員を退職後、いくつかの大学を掛け持ちで教育方法学や教職論を教えている。あかりにとっては、毎週の講義を聞くだけではなく、最も信頼する相談相手であった。

戸田は講義の後、学生に感想や疑問を書かせ、それを「まじょレター」と名づけた通信にしている。学生の中には、進路への不安や対人関係での悩みを抱えている者も多く、講義の後、悩みの相談に乗ることもしきりだ。あかりもその一人であった。

かすかに花の香りを含んだ風が吹きつけてくる。二月半ばとは思えぬ暖かさだ。

「ええ風や。春を連れてくる風や」

戸田は、そんなことを言いながら、いきなり肩をたたいた。

「どう、行く先は決まったの」

「はい、中河内市に」

「そうか。よかったよかった。いよいよ先生やね」

戸田はもう一度肩をたたいた。

教育学部の学生とはいえ、あかりは必ずしも教師になろうとは思っていなかった。地元の大学にとりあえず進学し、進路はゆっくり考えるつもりだったのだ。

「お前はそこそこ勉強ができるんやから、大学ぐらいは行っとけ」

高卒だった父の口癖だった。

あかりの家は、和歌山市近郊の小さな町で理髪店を営み、わずかだが畑も持っている。店と畑仕事で忙しい父母に代わって、祖母が何かとあかりと弟の面倒を見てくれた。会社勤めの家庭から嫁いできた母は、体が弱く、農繁期にはよく熱を出していたが、祖母はそんな嫁をいたわり、愚痴ひとつこぼさなかった。決して豊かではなかったが、温かい家庭だった。

そんなあかりが、教師になろうと初めて真剣に思ったのは、ゼミのフィールドワークで、戸田の授業を見た時だった。戸田の元勤めていた大阪市のK小学校で、作文の授業を見た時、生き生きとくらしを語る子どもたちの発言を聞き、無性にかわいくなった。なんと健気で、明るい子どもたちだろうと思った。

中でも、「私のお母さんは、少し体が弱いです」で始まる、父親が病身の母親をいたわっている姿を書いた作文には、自分の家族とも重なって心が騒いだ。何度も読んだので、その一節は覚えている。

「お父さんが『……お化しょう取るクリーム、どのクリームや』と言ったので、お母さんは、『そのむらさき色のふたのクリームや』といいました。するとお父さんが、クリームを取って、お母さんの顔に荒っぽくつけて、顔をこすりました。私も、お母さんのほっぺをこすりました。そしたらお母さんは起きました。そしたらお父さんがハンカチで、額のクリームを取りました。お父さんは、じょうだんで『今度生まれ変わるときは、もっといいお金持ちと結こんしいや』と言いました。すると、お母さんは、ちょっぴりだけ泣きました。私もちょっぴり泣いてしまいました」

くらしを語るということ、それは何も苦労を語るということばかりではない。しんどいことも、楽しいことも、失敗したことも、悔しいことも、自由に書くことを通じて、子どもたちは育っていくのだろう。自分もそんな仕事ができたらいい、やりたいと思った。

それ以後、戸田の勧めで「作文教育の会」に入り、月一度の研究会に通い始め、いろいろな実践を学んだ。何人か若い先輩教員とも知り合い、自分も早く教師になって、子どもたちとふれあいたいという思いが膨らんでいった。そこで聞く話は、もちろんすぐれた実践や成功例ばかりではなく、困難を抱えた子どもの話や、職場の悩みもあったが、不思議と足をすくませるような思いにはならなかった。戸田をはじめ、そこに集う教師たちが、その根っこの部分で子どもを愛し、働く意欲にあふれている人たちだったからだろう。年齢や経験と関係なく遠慮のないやり取りが交わされ、笑いが絶えなかった。


「お母さん喜んでたやろ」

「心配してました。あんたに勤まるやろかて」

「失礼な、まかしときって言わんかいな」

また戸田が肩をたたこうとするのを、すいと逃れた。

「言いました」

「言うたん？」

「困った時は、戸田先生に電話するから大丈夫て言いました」

それは本音だった。ずっと甘えていたかった。戸田は大声で笑った。

「なんやそれ……けど、ほんまにいつでも電話しておいで。私はメール苦手やから、長い話はなるべく手紙で」

「はい」

小さい坂を越えると駅が見えてきた。もう少し戸田といっしょにいたかったが、この駅前には喫茶店も何もない。戸田は大阪へ、自分は和歌山市へ向かうので逆方向だ。

改札口に来た時、戸田がぽつりと言った。

「あかりちゃん」

少し真剣な声だった。

「子どもに寄り添う教師になってや。子どもはね、ランドセルに教科書やノートだけやのうて、くらしを背負って学校へ来るんや。そのくらしに心が届く先生になってほしいな。たのむで」

「はい」

和歌山行きの電車が入ってくる。戸田に早く行くよう促されて、あかりは、改札に駆け込んだ。なんとなく泣きたいような甘酸っぱい気持ちだった。

2

四月になり、あかりは、中河内市のA小学校に赴任した。想像したよりはるかに古ぼけた汚い校舎だった。とりわけ女子トイレが一つずつアコーディオンカーテンで仕切られているのには驚いた。映画で見た戦後間もなくの学校みたいではないか。ほんとうにこれが大阪なのだろうか。

校長は山岸高子というプレートをつけていた。すらりとした体形でかなり若く見える。傍らの岡田という教頭の方が年上のようだ。

校長室に通されて最初に聞かれたのは、和歌山大を出て、どうして大阪を希望したのかということだった。

あかりはちょっと戸惑ったが、お世話になった教官が大阪の元教員で、いろいろすばらしい教育実践の話を聞いたので、自分も大阪で教員になりたいと思ったと答えた。

校長は軽くうなずいた。戸田のことは知らない様子だった。

「先生には二年生を担任してもらいます。三学級で、二クラスにはベテランの先生についてもらいました。後で紹介するけど学年主任の小野田豊先生に、あなたの指導を担当してもらいます。もう一人もベテランの宮崎哲夫先生です。わからないことはなんでも聞いて、しっかり教えてもらいなさい」

　そこまではよかった。だが、そのあと校長が言い出したのは、驚くような話だった。

「いろいろ事情があって、あなたのクラスは、一年の時、担任が五回交代しました。別に学級崩壊などが起きたからではありません。担任が病休をとり、代替できた講師の人もそれぞれの事情で、一年間続けてもらえなかったということです。なかなか来てくれる人がなくて、退職した方に無理をお願いしたので、こんどは若いフレッシュなあなたに担任になってもらうことにしました。しっかりがんばってください」

　わかりましたとしか言いようがない。しかし、そんな不安定なクラスに、よりによって、新任の自分を回すのはいったいどういうつもりだろうか。わけがわからなかった。


　割り切れない思いを抱えたまま、いやおうなしに始業式はやってきた。新任紹介の後、組み分けが発表され、二年三組は杉田あかり先生と紹介されると、子どもたちからは拍手が起きた。若いということが歓迎されたらしい。あかりは笑顔で子どもたちに一礼した。

　教室に入ると、あかりは思い切っていっさいあいさつ抜きで、用意してきた三色のリボンを取り出した。学級開き用にと戸田に教わった手品だった。

「先生は杉田あかりと言いますが、これは仮の姿で、実は魔女です。今から魔法を見せます」

　少し重々しい口調でそう言うと子どもたちの視線が集中するのがわかった。

「赤い色が好きな子、手を上げて」というと、十人ほどの手が上がった。赤いリボンの上下を結んで輪を作る。同じように青と黄色の輪も作る。何をするのかと子どもたちは興味津々だ。

「私は魔女だから、みんなでマジョリンと呼んでね。みんなの声が元気だと魔法ができるんだよ」

　あかりの呼びかけに答えて、子どもたちが元気よくマジョリーンと叫ぶ。あかりが素早く三つの輪をあわせ持って、サッと広げると、一本につながった大きな輪ができた。おおっという声と拍手が起こり、あかりは初めて笑顔を見せた。してやったという気持ちだった。

「赤い色の好きな子も、青い色の好きな子も、黄色の好きな子も、みんな一つの輪につながったね。みんな仲良しのクラスにしようね」

　すかさずあかりは、まじょっこレターと書いた学級通信を配った。自己紹介や、かんたんなあいさつが書かれた内容で、手書きのマンガも入っている。子どもたちは、すぐ読みだした。どうやら初対面のつかみは成功したようだ。

　こうして、順調に学級担任としての第一歩を踏み出したあかりは、子どもたちと仲よくなり、よく遊んだ。そんなあかりを、同学年の小野田と宮崎は、これと言って注文もつけずに黙って見ていた。

　二週間ほどは瞬く間に過ぎ、家庭訪問が始まった。以前は午後の授業がカットされていたが、今は通常の時間割をこなしてからの訪問となる。四日間で三十五軒を回りきらねばならない。話が長くなってもなかなか割り切って立ち上がれず、次の家に行くのが遅れたり、初めての地で家の地図がわかりにくくてウロウロすることもあったが、何とか最後の一軒を残すのみとなった。

最後は大槻誠という子の家だった。シングルマザーで、仕事があるので七時過ぎにしてほしいと言われている。四十分近く間があいたので、いったん学校に帰り、出直すことにした。

教室に帰り、ノートパソコンで学級通信を作ろうと、この四日間のことを考えた。

行く先々で、一年の時、担任が何度も変わったことが話題になった。せっかく子どもがなじんだと思ったら、先生が次々変わるので子どもが落ち着かなかったという話や、文字の指導や算数のやり方が、先生によって違うので困ったとか、一年生を何と思っているのかなどさまざまな苦情を聞かされた。今年はそんなことのないように最後まで頑張ってほしいと言われて、決意表明にも似た約束をくりかえすことになった。次第にプレッシャーが募り、家に帰ると、どっと疲労感を覚えた。

「若い先生が来て子どもは喜んでいますよ」とか、「先生よう遊んでくれて楽しい」とか、おおむね好意的だったが、中には新任のあかりを不安視するような親もいた。学力向上を強く望む親もいたし、言葉遣いやしつけをもっときちんとしてほしいという親もいた。確かに、あかりの目から見ても子どもたちの言葉はひどかった。女の子でも「おまえ!」とか、「しばいたろか！」などと平気で言う子もいたし、ほんのささいなことですぐに切れて手を出す子もいた。忘れ物も多かったし、宿題をしてこない子もいる。それらを一つ一つ責められれば、担任として不十分なことばかりかもしれない。でも、あまりそんなことばかりに目を向けたくはなかった。少しでも子どもがひきつけられるような楽しい授業がしたかったし、そのための勉強がしたいと思った。


七時が近づき、大槻の家に向かった。校区のはずれにある府営住宅の一階の部屋だ。ドアホンを鳴らしたが誰も出てこない。もう七時は回っている。

「いてはりませんか？」

いきなり声をかけられドキッとして振り向くと、四十代くらいの黄色いポロシャツにジーンズのがっちりした男が立っていた。

「家庭訪問に来たんですが」と男が言い出した。

「私もです」と思わず答えた。

一瞬けげんな表情を見せた男は、にっと笑顔になった。

「もしかして、小学校の先生ですか。ぼくは中学の教員です」

あかりはほっとして緊張が解けた。

男は佐々木浩介と名乗った。

「しばらく待ちますか」

「はい」

幸い、もうこれが最終だ。待とうと思った。

二人は、家の前から離れて、団地の小さな公園のベンチに座った。日が落ち、水銀灯の灯りが二人の影を落とした。

佐々木の話では、大槻さんはトリプルで働いているから、約束していても、帰りが遅いかもしれないという。子どもたちはどうしているのだろうと思った。週の内四回ほどは近くのおばあちゃんのところで晩御飯を食べているのだという。佐々木に比べて自分は何も知らないことが恥ずかしかった。

「もしかして、先生は今年初めてですか」

「はい、新任です。杉田あかりといいます」

「やっぱり。なんかフレッシュな感じがしましたわ」

出身大学を問われて、和歌山大と答えると、佐々木は、すぐ戸田先生の講義を受けたかと聞いてきた。佐々木も中河内の教職員組合で開かれた戸田の教育講座に参加し、著書も読んだとのことだった。

戸田には絶えず甘えているというと佐々木は目を細めて笑った。

「いい先生に巡り合えましたね」

それから二人の話は弾んだ。もともとあかりは人見知りしない。佐々木に問われるままに、率直に教師になってからの印象をしゃべった。担任が五回代わった話に及ぶと、佐々木は驚いてあかりを見た。

「それは異常やね。何ぼなんでも異常や」

佐々木は少し考えていた。

「それは、今の大阪の教育行政のひずみの結果ですわ」

どういうことかよくわからない。

「もともと教員の数が不足しているから、無理に無理を重ねるんです。大阪では、教職員定数基準より、二千六百人も足らん」

「え？　そんなに」

「うちの学校の生活指導部長の先生が、去年の運動会の時、組体操の太鼓をたたいていたさなかに突然倒れて、救急車で運ばれました。生徒指導にクラブ活動と無理が続いてたんや」

佐々木は、急に熱っぽい口調でしゃべりだした。

「彼は三年の理科担当や。突然穴があいたから、仕方なく一年の理科の先生がそちらへまわりました」

「代わりの先生来ないんですか」

「もちろん要求しました。でも、半年間、年度が替わるまで誰も来なかった。だから、一年生は理科の授業受けられんかったんや。英語と数学に振り替えですわ」

「ええ？　ほんまに？」

信じられなかった。一年生の授業を受ける権利はどうなるのだ。どうしてそんなこともできないのだ。

「幸い命は助かったけど、奥さんに言われました。先生て、こんなに働かなあかんのでしょうか。命削ってまで。言うて泣きはってね。ぼくの同期の仲間も、過労死で亡くしてるし、なんとも言えん気持ちで……」

その時を思い出すように、佐々木はじっと黙って遠くを見ていた。

過労死、定員不足。そんなことは何も知らない。もっと話を聞きたい、聞いておかねばと思った時、あわただしく誠の母親が帰ってきた。

「ごめーん、佐々木先生。あ、誠の先生も……」

自転車を止めて駆け寄った母親は、二人に缶コーヒーを握らせた。

3

家庭訪問、学習参観、春の遠足と一つ一ついろんな行事を経験しながら、二ヵ月が過ぎ、六月になった。

毎週金曜日の二時間目、学年合同でやっている体育の授業が終わり、三人は職員室に引き上げてきた。あかりが三人分のお茶を用意していると、隣接している校長室から、山岸校長が勢いよく出てきた。

「松下さんいる」

険しい口調だった。職員室に居あわせた人たちは、思わず周りを見た。

「もう！　なんで来てないの。誰か放送で呼び出して」

あわてて教頭が放送するのとほとんど同時に、松下信子が入ってきた。一目でわかるほど精気のない顔をしていた。

「松下先生！　あなた、なんで指導案出さへんの」

「すみません、まだちょっと考えが」

無表情な答え方に聞こえた。

校長は怒りを募らせた。

「あなたねえ、そんなことばっかり言うてたらだめ！　月曜日にはセンターから来てくれるんよ。それまでに見といてあげよう言うてるのに、どうして！」

「すみません」

松下はうつむいていた。

「あなたはそうやって、いっつも書類が遅い。若い先生に対して恥ずかしいで！」

一瞬校長と目があった。あかりは目をそらさず校長を見ていた。

「今日帰りまでに、校長室へ持ってきなさい。私、出張やから、三時までには持ってきて。月曜日、ちゃんとした指導案出せなかったら、教員失格よ。あなただけやのうて学校全体の恥なんやからね！　わかった！」

校長は一気にまくしたてると、みんなを見回し、校長室へ戻って行った。

みんなは松下から視線をそらし、聞かなかった風を装っていた。松下は、黙って出て行こうとした。

「あの……」

思わずあかりは声をかけてしまった。松下も見返したが、何も言わずに出て行った。

あかりは体が震えるのを感じた。みんなのいる前で、あんな言い方をすることが耐えられない思いだった。


「あの校長はああいう人なんや」

その日の学年打ち合わせ会で、あかりが宮崎の教室に入って行くと、座っていた小野田がそう切り出した。

「水族館のこと聞いてるやろ」

「なんですか、それ」

「知らんかったんか」

宮崎が、話を引き取った。

昨年度の遠足で、松下の学年が水族館に行った時、子どもの名簿を紛失したという。すると、みんなで捜しに行くように言われて、夜の十時ごろまで捜したという。宮崎もその一人だった。

「学年の人らも、疲れてるのに行かされて大変やったんや」

名簿は結局見つからず、松下はきっちり反省文を書かされたという。それから松下はたびたび校長に注意され、評価も下げられたとのことだった。

あかりは、さっきの校長の顔を思い出しながら、気持ちが重くなった。

「あんたも気いつけや。あの校長に嫌われたら、評価Dやで」

小野田がぽつりと言った。

教職員が評価されていることは、大学でも聞いている。しかし、こんな形ではっきり言われたのは初めてだった。一年後、自分も評価を受けるのだということが、改めて思い知らされた。

「そら、SとかAとか言わんまでも、せめてBにはなっとかんとねぇ」

宮崎が応じた。

「杉田先生」

「はい」

「とにかく、変わったこと、目立つことはやめとき。指導計画どおりにきちんとやる。教室の環境も、いつもきれいに」

小野田が眼鏡越しにじっとあかりを見た。

「杉田先生、若うて元気ええから、いろいろ人と違うこともやってみたいやろけど、今はおとなしいしといたほうがええで」

宮崎もうなずいた。


学年会が終わって帰ろうとすると雨が降り出していた。テストを詰め込んだ鞄を肩にかけ、傘を広げた。

自分は、そんなに目立っているのだろうか。人と違うことをやっているのだろうか。学年の人たちから、そんな目で見られていたことには気づかなかった。

この二ヵ月、作文の会などで学んだことを次々と実行し、馬車馬のようにがんばってきた。教室の中で行うゲーム指導、絵本の読み聞かせ、週二回の学級通信、一枚文集の発行。それらは目立つことだったのだろうか。

校門を出て駅に向かって歩きながら、ふと気がつくと、傘も差さずに松下が歩いていた。

横断歩道で信号を待っている松下に追いつき、傘を差しかけた。

「松下先生」

驚いたように振り向いた松下は、何も言わず、自分も持っていた傘を差した。

信号は青だったが、松下は動かなかった。先に行けと言う意思表示に見えたが、あかりもその場に立ち止った。

「あなた、職員室で私に何か言いたそうだったね。何？　同情してくれるの？」

「違います。悔しかったんです」

松下は不思議そうにあかりを見た。

「何が。あなたには関係ないわよ」

「学校て、もっと和やかな場所でなかったら、子どもたちもほっとできないと思うんです」

松下は皮肉な笑みを浮かべた。

「そんなこと考えてたの」

「はい、というか、そんなふうに教わりました」

「誰から」

「大学の先生です」

松下は、じっとあかりを見た。

「大学ではどうか知らないけど、そんな学校なんて、もうどこにもない。競争、競争、競争、評価、評価、評価。なんでも自己責任」

あかりはどういっていいかわからなかった。何か激しく心の中で突き上げるものがあった。

「あなた、私のこと、いろいろ聞いてるんでしょ」

「いいえ、別に」

「嘘！　いろいろと吹き込まれてるでしょ。授業もまともにできない、さぼりの教師」

「先生、なんでそんな風に……」

嘘ではなかった。水族館のことも今日が初めてなのに。

ふっと、松下の表情が和らいだ。

「いいの、私、もうやめようかって思ってるの。母親の面倒も見なあかんし」

赤信号がまた青になった。

「ごめんね、気を使ってくれてありがとう」

そう言い残して松下は足早に横断歩道を渡って行った。あかりはその場に立ち尽くしていた。

4

翌日、あかりはいとこの結婚式に出るために和歌山に帰り、実家で一泊した。

朝寝坊して十時ごろ朝食を食べると、今日中に家でやる仕事があるからと、昼前に家を出た。ＪＲ天王寺で書店にでも立ち寄ろうと改札を出ると、何かマイクで訴える声が飛び込んできた。

「ご通行中のみなさん。私たちは、子どもを守る教育府民会議です。橋下維新の会が突然府会に提案した君が代起立条例に反対する署名の訴えをさせていただいています。みなさん、橋下知事の言うような強制の教育では、教育の場は死んでしまいます。子どもたちの健やかな成長は望めません……」

「君が代起立条例反対」と書いた横断幕を広げ、十人くらいの人たちがビラを配り、署名を呼びかけていた。あかりは、少し離れたところに立ち止まって、マイクの訴えに耳を傾けた。

「教育は、世の中のいろんな考えを学び取り、自分という人間を磨いていけるようにする場です。その営みの場に、一つの歌を歌わなかったら罰を与えるぞなどという決まりがそぐわないことは明らかです。再び戦前のような強権政治の社会を招いてはなりません。みなさん……」

あかりは、「君が代」に関する条例が出ていることを知らなかった。「君が代」にもそれほど強い違和感はない。しかし、強制の教育ではだめだと訴えている内容は、三日前に目の当たりにした校長の姿と重なりあうものがあった。歌うことを強制などしてほしくはない。学校は、もっと明るく、楽しい場所であってほしい。

自分も署名しようと近づいてハッとした。戸田がいた。戸田が声をかけながらビラを配っている。

「優子先生」

戸田が振り向いた。

「まあ、あかり、どうしたん」

「和歌山の帰りです」

戸田はビラ配りを中断し、あかりのそばに来た。

「元気にしてる」

「はい。まあ元気です」

少し気分は重たかったが、そう答えた。

「先生、こんな宣伝もやってはるんですか」

「やってるよ。えらいこっちゃがな。『君が代』起立せんかったら首にするやて、むちゃくちゃや。学校で話題になってないの」

特別話題になってはいない。家でテレビを見ることも少ないし、新聞も一応とっているというだけだ。

「そやなあ、今の学校、どこでも起立して歌うのが普通かもしれへん。けど、こうやって言うとおりにせんかったら、首にする言うのは普通と違うよ。そんなこと許してたら、学校が学校でなくなる」

戸田はまたビラを配りだした。戸田の声は大きい。「お父さん、ちょっとこれ読んで！」「見て！　大変なことですよ」といった調子で、通行人にどんどん声をかける。時には追いすがる。目に力がある。

あかりはしばらくその様子を見ていたが、突然考えてもいなかったことを言ってしまった。

「先生、私もいっしょに配ります」

戸田は驚いたようにあかりを見た。

「そうか、ありがとう」

あかりは戸田の持っていたビラを数枚受け取り、通行人に向かって差し出した。何か言わなければと思ったが、言葉が出てこない。仕方なく、「こんにちは」と言いながら配り続けた。だが、誰も受け取ろうとはしない。

「橋下さんの悪口言うな！」

大きな声で言い捨てて、通り過ぎた男性がいた。教頭に似ていると思ってハッとしたが、別人だった。びくびくしている自分が嫌だった。確信もないのに、なぜこんなことをする気になったのだろう。

「ごめん、遅くなりました」

その時、元気な声をかけながら、傍らに立った男性がいた。ふと見るとそれは佐々木だった。

「きみは……」

佐々木が驚いてあかりを見た。

宣伝行動が終わると、佐々木はあかりをお茶に誘った。あかりは戸田と話がしたかったが、次の予定があるからごめんなと言って、あわただしく去って行った。

二人は、駅ビルの二階にある、パン屋を兼ねた喫茶店に入った。佐々木はサンドイッチのセットを注文し、コーヒーだけのあかりに、いっしょにつまみませんかと勧めた。それほど空腹ではなかったが、手を出してしまった。一度出会ったきりなのに、どことなく親しみを感じさせる相手だった。

「そうですか。先生とこも、校長のパワハラですか」

あかりの話を聞いた佐々木は、よく似た話があちこちの職場で起こっていると言った。

「私、黙ってられへん気持ちでした。けど、その場では何も言えませんでした」

それはあかりの気持ちに引っかかっていた。もし、子どもたちにいじめが起きていたら、当然黙って見過ごしてはいけないと言うだろう。それを思うと、自分が情けなかった。

佐々木は深くうなずいた。

「そうですね。その通りや。けど、先生はそうやって真剣に考えてくれている。そんな姿が子どもたちにもきっと伝わるはずや」

そうだろうか。そうだといいが。

「今日は、先生が飛び込みでビラを配ってくれて、感動しました。ありがとうございました」

「いえ、そんな」

頭を下げる佐々木に、どういっていいか困った。自分は、国歌斉唱にそれほど抵抗はなかったが、恩師の戸田が配っているのを見て、ついいっしょにつきあってしまったことを話した。

「戸田先生が、こんなこと許したら、学校が学校でなくなると言われた時、はっとしました。こないだの校長先生の姿を思い出して、なんかこれっていっしょやと」

佐々木は、じっとあかりを見た。

「ほんまですね。先生すごいわ。学校は、強制や命令で動かしたらあかんのですわ。そうなったら教育が死にます」

佐々木はカバンから、パンフレットや組合ニュースを取り出した。

「杉田先生、ぜひ先生も組合に加入してください。大阪教職員組合・大教組言うんです。ぼくは、大教組中河内の執行委員をしてるんです」

そうだったのか。それで佐々木はいろいろな学校の情報に詳しいのだ。もしかして、喫茶店に誘ったのは組合加入をすすめるためだったのだろうか。

「先生の職場は、残念ながら、大教組の組合員がいません。だから先生にも、十分な声かけができてませんでした」

あかりは組合ニュースを見ながら、どう答えようかと考えていた。作文の会に来ている人たちも、時どき組合活動の話をしている。戸田もおそらく組合加入をすすめるだろう。だが、加入すれば学校でただ一人の組合員になる。そう軽々しく返事をしていいものかどうか。

「考えさせてもらっていいですか。組合のことはまだようわかりませんし」

われながら月並みな、いやな返事だと思った。佐々木は失望しただろう。だが、佐々木はそれ以上勧めなかった。

「もちろんです。ただ、一人で考えるより、実際の姿を見てください。『先生の学校』という教育実践の連続講座や、夏の教育のつどいなど、いろんな研究会をやっています。若い先生もたくさん来てくれます」

研究会には行きたい。いろんなことを学びたい。作文の会と同じように、魅力的な先輩教師たちとの出会いがあるかもしれないと思った。

5

来週からプールが始まるので、しばらく通常の体育はなくなる。区切りの意味で、学年ではドッジボール大会が行われた。各クラス男女混合で二チームを作り、トーナメントで争う。チームの編成で意見が分かれた。あかりはふだんの体育で分かれている紅白のチームでよいと思っていたのだが、子どもたちの中から、強い子を集めた一軍と二軍にしようという意見が出た。兄たちが少年野球のリトルリーグに入っている前田信吾がいいだしたのだ。

「強い子でチームつくらな、学年で優勝できへん」

信吾のその意見に十人近い子が賛成した。信吾はリーダー的な力を持ち、遊びの中心になっている。だが、決してわがままな子ではない。むしろ正義感の強い子だ。

「勝ち負けより、みんなで楽しくやったらええんと違う」

あかりはそう言い聞かせたが、信吾は納得しない。やむをえず多数決をとることになった。わずかな差で信吾の意見は否決され、彼はがっかりして机を蹴った。めったにない行動だった。あかりは気になったが、その後は何事も起こらなかった。

翌日の試合は、信吾のチームが一戦目に勝ち、もう一つのチームは敗れた。

二回戦は苦戦していたが、信吾が次々と相手を倒し、形勢は互角となった。制限時間までにどちらかが全滅しなければ生き残った者の多いほうが勝ちとなる。コートに残ったものは二人、相手は三人だった。相手は、信吾を避け、もう一人の徹也を狙って来る。徹也はよけるのに精いっぱいでボールをとれない。相手の強いボールが運よくワンバウンドになり、残っていた徹也がボールをとった。時間は迫っている。

「ボールかせ！」

信吾に言われた徹也は少しためらったが、そのまま投げた。ボールは相手にとられた。

相手はボールを外野に回した。ボールが遠くそれ、転々とするうちにホイッスルが鳴った。

試合は敗れた。信吾は徹也をにらんでいた。

体育の授業が終わり、そのまま当番の子どもたちと給食を取りに行っていると、子どもが呼びに来た。

「先生、ケンカや」

急いで教室に戻ると、信吾と徹也が激しくつかみ合っている。机が倒れ物が散乱していた。子どもたちは遠巻きにして見ていた。

「やめなさい！」

あかりは懸命に二人を引き離した。引き離された二人は泣き出した。

先に手を出したのは徹也だという。信吾に「お前のせいで負けた」と言われカッとなったらしい。ふだんから二人ともすぐに暴力に訴える子ではなかったのに、激しいけんかになってしまった。背景には、勝ち負けへのこだわり、チームの決め方への不満があったに違いない。クラスの子も、どちらかというと信吾に味方していた。

二人とも軽いけがをしていたこともあって、その日の放課後、あかりはそれぞれの家を訪問した。徹也の母親はあっさりしていたが、信吾の母は、信吾の言い分が正しいと言い切った。

「うちは、お父さんが、子どもたちに、競争や勝負には勝たなあかんと言い聞かせています。

先生が勝負にこだわらないというのもわかりますけど、受験競争はそれでは乗り切って行かれへんし、社会へ出たらもっと厳しい競争にさらされるんと違いますか」

あかりは、どう言っていいかわからなかった。

幸い、双方とも軽いけがにはこだわっていなかったのでケンカはなんとなくおさまったが、あかりは大きな課題を抱え込んだ思いだった。信吾の母の言うのもわかる。だが何か違う。競争や勝負にこだわる学級にはしたくない。しかし、子どもたちはそんなきれいごとをよそに、塾やスポーツで競争にさらされているのではないだろうか。まだ二年生だというのに。

そんな思いを抱いたまま、あわただしい日が流れ、夏休みに入った。

6

中河内市は二学期制を敷いているので、夏休みとはかかわりなく十月からが二学期となる。新任としてやらなければならない研究授業が、ひと月後に迫ってきた。幸い教科は自由に選べる。あかりは、国語で文学の授業をやろうと思った。

これまで、絵本や物語の読み聞かせに取り組んできたし、戸田に紹介された文学教材の研究サークルに、三回出席し、二年の「かさこじぞう」、四年の「ごんぎつね」六年の「川とノリオ」などの教材を学んでいる。それぞれの作品のすばらしさと同時に、子どもたちの真剣な読みに圧倒された。いつの日か、自分もそんな授業ができるようになりたいと心が騒いだ。

だが、研究授業までの教科書教材は、説明文などが続いている。もし、文学教材を取り入れるのなら、「かさこじぞう」をやろうと思った。

正月を前にして、餅ひとつ買えない貧しいじいさまとばあさまは、笠を編んで大晦日の街へ売りに行く。はりきって出かけたじいさまだが、全く笠は売れない。がっかりして吹雪の道を帰る途中、雪をかぶった六地蔵を見て、じいさまはほうっておけず、売れなかった笠をかぶせてやる。しかも、一つ笠が足りなかったので、自分のかぶっていた手ぬぐいまでかぶせてやるのだ。何も売れずに帰ってきたじいさまをばあさまは非難せず、それはよいことをなすったという。元日の朝起きてみると、地蔵たちがお礼に持ってきてくれた米や餅が山と積まれていた。二人はよいお正月を迎えることができたという。

あかりは、この物語で、笠をかぶせてやるじいさまもさることながら、がっかりした様子を見せず、温かく迎えるばあさまに心打たれた。絵本のばあさまと祖母の笑顔が重なり合って胸が熱くなった。この素朴な民話を通じて、競争や力にこだわる一部の子どもたちに、地蔵さまに笠をかぶせてやるじいさまや、それを温かく受け入れるばあさまのやさしさを感じ取ってほしいと思った。

「かさこじぞう」は、あかりたちの使っている教科書には載っていない。しかし、いくつもの教科書に載っている有名な教材だ。学年で相談しなければならないが、多分了解してもらえるだろう。

あかりは、研究サークルでもらった資料を参考にして、指導案を準備し始めた。初めから一生懸命書き上げた指導案を見せた方が、認めてもらえるのではと思ったのだ。

夜なべして書いた指導案を小野田に見せて、これでやりたいのですがというと、小野田は、少し首をひねったが、ダメだとは言わず、校長にきいてみると言った。そうなのか。校長の了解がいるのか。だったらだめかもしれない。

翌日、さっそくあかりは校長室に呼ばれた。小野田も同席していた。

「杉田先生、この指導案、なに」

いきなり詰問する口調だった。

「はい」

「『かさこじぞう』て、あなた、そんなの教科書に載ってないでしょ。なんで教科書の教材やらないの？　あなたまだ新任よ。わかってる」

「はい、わかっています」

何か言われると予想はしていた。しかし、校長はそれ以上の勢いだった。

「わかってたら指導書通りちゃんとやりなさい」

はいと言って引き下がろうかと思った。だが、思わず言い返してしまった。

「すみません。でも私は、子どもたちにこの作品を読んでもらいたいんです」

おや、というふうに校長はあかりを見た。

「読んであげるのはいいよ。図書の時間もあることだし。どうしてそれを授業でやる必要があるの」

少しおだやかな口調だった。

「いっしょに勉強したいんです。このお話に出てくるじいさまとばあさまのやさしさを……」

皆まで言わせなかった。

「それで学力つくの」

学力、学力とはなんだろう。

「漢字の指導はどうなるの。言葉の指導もある。教科書には、二年で教えないといけない漢字はきちんと出てくるのよ」

あかりは黙っていた。どう答えていいかわからなかった。しかし、納得できない思いは変わらなかった。

「今ね、一番大事なことは学力つけることでしょ。大阪は全国的に見ても学力テストの結果が低いということが、大問題になってるのよ。テストの点数をきちんと上げていくということが、学校には求められてるの」

校長は、自分の言葉に酔っているようにしゃべり続けた。

「教育基本条例が出されたの、あなたも知っているでしょう。……いずれ学校選択制になったら、学力低い学校は、子どもが寄り付かんようになる。そうならんようにするのが、私らの責任です」

教育基本条例が話題になっていることは知っていたが、学校選択制については知らなかった。

「子どもたちにやさしさというのはいいけど、まずは、競争に打ち勝つ強い気持ちを持たさないとだめ」

競争に打ち勝つ……あの時の親の言葉がよぎった。違う、何か違う。

「まだ、日あるから、よう考えて書き直してきなさい」

内線の電話が鳴った。

「小野田先生。学年でちゃんと指導してやってね」

校長は立ち上がりながら、二人に出て行くように手で合図し、電話に出た。二人はそのまま黙って校長室を出た。

「言うてるやろ。変わったことしたらあかんて」

教室まで戻ると、小野田は諭すような口調で言った。

「なんで、そんなにこだわるの」

「うまく言えません。でも、やりたいんです」

「そらあかん。ちゃんと理由がないと」

あかりは黙って唇をかんだ。

「ぼくも、『かさこじぞう』何べんもやったし、ええ教材やと思うよ。載せている教科書もあるしな。けど、無理してまでやらんでもええと思うよ」

高圧的な口調ではなかった。黙ってあかりはうなずいた。

「やるんやったら、学年全部で指導せんとあかんやろ。クラスによって教えることが違ったら、親はへんに思うよ」

そこまで考えていなかった。やっぱり無理だと思った。

「もう、教材印刷してもうたんやろ」

「はい」

すでに子どもたちにも配ってある。

「学年の分も印刷してえや。雨で体育流れた時にでも、読んでやろ。な」

それは小野田の配慮だと思った。しかし、あかりには辛かった。

その日あかりは、八時近くまで教室で考えていた。研究授業をほかの教材や教科でやる気持ちがどうしてもわいてこなかった。文学サークルで紹介されるいろいろな教材は、それぞれ教科書にあるものもないものもあるだろう。先輩たちはそれを自由に指導しているのだろうか。自分にはそれが許されないのだろうか。もっと経験を積んだらできるのだろうか。

割り切れないまま学校を出て、駅に向かって歩いた。

「あら、杉田先生ちゃいます」

松下と立ち話をした横断歩道で信号を待っていると、買い物帰りらしい保護者に声をかけられた。山口ミキの母親だった。

「先生、今、お帰りなんですか。遅うまでご苦労さんですね」

笑顔のやさしいお母さんだった。ミキもやさしい子で、目立ちたがらないがよく友だちの世話をしてくれる。

「この頃、私がご飯の用意してるとミキが大きな声で本読んでくれるんですよ」

山口はうれしそうに語ってくれた。

「そうですか。ミキちゃんが」

「本読みが上手やて、先生に褒められた言うてます。ほんまですか」

「すごく上手です。いつも一生懸命読んでくれます」

実のところ、ミキはそれほど上手ではない。しかし、あかりは子どもの読みに否定的な評価をしたことはなかった。

作文にしろ、音読にしろ、絵や工作にしろ、子どもたちの表現活動に、軽々しく上手下手と評価をつけるべきではない。その表現を丸ごと受けとめろと言うのが、戸田やサークルの人たちから学んだことの一つだった。

「先生は、なんでも褒めてくれるからうれしい言うてました」

山口の言葉で、あかりは気持ちが弾んだ。自分のやり方はまちがっていなかった。ミキは本読みが好きになっているのだ。

「今、『かさこじぞう』の勉強ですか」

「え？」

「このごろ、『かさこじぞう』のプリント読んでます。もうじき勉強するから、読む練習しとくねん言うて」

「そうですか……」

「楽しみにしてるみたいです。学校から帰ってきたら、『かさこじぞう』のじいさまになったつもりで、今帰ったぞとかいうてますわ」

「ミキちゃんが……」

胸が詰まった。言葉が出なかった。

それから三日後の学年打ち合わせ会で、あかりは、今まできちんと相談してこなかったことを詫び、親の要望もあるので改めてかさこじぞうをやりたいと訴えた。

「ほんまにどうしても『かさこじぞう』やりたいんか」

「はい、お願いします」

「まあ、ええ教材やけどなあ」

小野田はしばらく考えていた。あかりは必死だった。認めてほしかった。校長の壁があるのはわかっている。それでもやりたかった。

「しゃあないがな、そこまで言うんやったら、学年でやろ。発展教材言うことで」

意外な宮崎の助け舟だった。小野田は首をかしげた。

「校長、また怒るで」

「親の希望や言うたらええ。実際そうなんやろ」

「はい、やってほしいという声があります。連絡帳にも」

宮崎はうなずいた。

「よっしゃ、それ、指導案に書いたらええねん」

小野田は驚いたように宮崎を見た。

「先生、えらい言うこと変わってきたな」

宮崎はにやっと苦笑を浮かべた。

「ほんまやね。自分でもそう思うわ。オレな、だんだん腹立ってきたんや。何、あの教育基本条例」

宮崎は目を怒らせていた。これまで見たことのない姿だった。

「二年連続評価Dでクビてどういうこと。みんな一生懸命やっても、誰かはDにされるんやろ。しんどいクラスなんか持たんとこ思うやんか」

小野田がうなずいた。

「松下さんかて、もともとはしんどい子ばっかり抱えて苦労してたんやからな」

それから少し、松下の話になった。

もともとがんばりやだった松下は、すすんで荒れていた四年生を引き受けた。だが、なかなか思うに任せないまま、疲れ果ててしまった。水族館の時も、クラスの子の対応で手いっぱいなのに、会計その他の仕事が多すぎたのだ。校長は、そんな松下の苦労を評価しようともせず、結果だけを見て責める。松下と同学年だった宮崎は、そうした校長にずっとムカついていたんやと話してくれた。

「もう校長の言いなりになってられへんわ。それにしても杉田さん、ええ根性してる」

小野田が応じた。

「よっしゃ。杉田先生。投げ込みでやるからには、ええ授業せなあかんよ。がんばりや」

あかりは、涙が出そうになった。何度も頭を下げた。

7

校長は、小野田たちがバックアップすると聞き、意外にもあっさり引き下がった。

学年は一斉に授業に入った。少し先行して宮崎のクラスが同じ指導案で授業を行い、いっしょに見て学年で検討しあう。さすがに宮崎の授業は巧みだ。時どき子どもたちを笑わせながら、活発に発言させていく。クラスによって違いはあるが、どんな意見が出るかよくわかる。小野田も宮崎も、自分の研究授業のように力を入れてくれていることがよくわかった。二人の先輩に初めて感謝する気持ちになった。

あかりは毎時間の授業の内容を学級通信で紹介しながら学習をすすめ、いよいよ研究授業の日が来た。

研究授業は、じいさまが地蔵様に笠をかぶせてやる場面だ。最初の読みはミキだ。ミキはじいさまの言葉をゆっくりと感情たっぷりに読む。読み終わると子どもたちから拍手が起こった。参観している教員たちが何かささやき合っている。

あかりは考え抜いた最初の発問を問いかけた。

「みんなは、おじぞうさまを、おがんだりしたことがありますか」

校区の中にはいくつか地蔵尊があり、夏休みの地蔵盆も経験している子が多い。

半数近い子の手が上がった。

「あるある、二回ポンポンと手をたたいて、おがみました」

「給食食べれますようにっておがんだから、食べれるようになった」

「おばあちゃんといっしょに、かしこくなれますようにっておがんだ」

「うちによう来るおばあちゃんらが、戦争がないようにっておがんでた」

参観者に取り囲まれた緊張やプレッシャーは見られない。のびのびと発言している。少し緊張していたあかりも次第に余裕が出てきた。

絵本を拡大コピーして作った地蔵様の絵を黒板に貼りつける。

「こんな地蔵様を見て、みんなはどう思いますか。お話ししてください」

すぐには手が上がらない。発問が一般的過ぎただろうか。どんなふうに子どもたちの発言を引き出したらいいだろうか、あかりは懸命に考えをめぐらした。

徹也が何かつぶやいた。

「吉田君、何、聞かせて」

徹也は座ったまま発言した。

「おじぞうさんとじいさまは、びんぼうどうしやと思う」

ハッとする発言だった。

「どうしてそう思う。もっと聞かせて」

徹也は立ち上がった。

「なんで言うたらな、おじぞうさんにはおどうもないし、木のかげもないやろ。ほんで、じいさまは正月でも、もちこの用意もできんし、お茶ばっかしのんでるみたいやろ。だからそこがようにてる」

徹也は、貧しいからこそ、じいさまはお地蔵様の辛さがわかると言いたいのだ。

この発言を大事にしたいと思った。

いくつかの手が上がった。誠だ。めずらしく誠が挙手している。

「じぞうさまもさむいやろな。雪にうもれたらさむいと思う」

ゆっくりした口調で誠は発言した。やさしさがこもっていた。

「おじぞうさまはつららを下げるくらいさむいから、あたたかくしてあげたい」

「じいさまは、じぞうさまが人間と思って、冷たいじゃろ、冷たいじゃろと言ってかたやらせなかやらをなでたと思う」

「じいさまはかさが売れなくてつらいのといっしょや」

「おじぞうさまとじいさまは、さむいどうしやし、びんぼうどうしやから、冷たいのもわかると思う」

次々と子どもたちが発言し、じいさまの思いを語りだした。

あかりの気持ちは弾んでいた。

授業が終わり、子どもたちを帰らせた後、研究討議会までの間に、あかりはみんなのノートに目を通していた。

「よかったね、今日の授業」

松下だった。ノートの感想を読むのに夢中で入ってきたことに気づかなかった。

「ありがとうございます」

あかりは立ち上がって頭を下げた。

「子どもたちがのびのびとよく発言してた……いい子だね、みんな」

「はい、ふだんいっぱいいけんかしてるのに、やさしい意見ばっかり出ました」

松下は笑顔でうなずいた。

「先生の人柄だよ。人のことを思うやさしさがあなたにはある」

「そんな……」

「あの時はありがとう。ずっと覚えてるよ、私」

そう言い残して、松下は踵を返した。あかりは、何か言おうと思ったが、何も言えず、その場に立っていた。熱い思いが湧き上がっていた。

8

討議会では、授業を高く評価する意見が多かった。市教委から来た指導主事も、子どもたちがよく育っている、教科書に載っていない教材とはいえ、学年で取り組んだ熱意に敬意を表しますなどと述べ、管理職の指導力のたまものなどと持ち上げてくれたので、校長も満足げだった。

討議会の後、学年三人は、小野田の勧める布施駅前の寿司屋で打ち上げ会を持つことになっている。着替えを済ませたあかりが更衣室から出てくると、校長が立っていた。

あかりが、「今日はありがとうございました」と丁寧に頭を下げると、校長も笑顔を返した。

「がんばったね」

「ありがとうございます」

「私は、がんばる子が好きだからね。あなたの努力は認めます」

校長から笑顔が消えた。

「でも、あなたの評価は、一年間を終えてからよ。あなたは注目に値するから、いいところも足りないところも、きっちり見せてもらいます」

そう言い残すと、校長は背を向けて去って行った。

学年の二人は、討議会が順調に終わったので安心した様子だった。あかりは、さっきの校長とのやり取りを話そうかと思ったが、黙っていた。気にしないでおこうと思った。

宮崎もあかりもアルコールはほとんどたしなまないので、打ち上げ会は二時間ほどでお開きとなった。小野田は飲み足りないらしく、一人で商店街の中へ消えて行った。宮崎は無言であかりに手を振り、駅の階段を上がって行った。

二人と別れたあかりが、駅前のバス停でバスを待っていると、駅から若者たち数人と連れ立って下りてくる佐々木に出会った。

「杉田先生！」

あかりを見つけた佐々木が駆け寄ってきた。いっしょにいたのは大教組が毎年二月に開く「青年フェスタ」という教育研究集会の中河内実行委員会のメンバーだった。

「これから、みんなで飲みに行くところです。いっしょにつきあってくれませんか」

あかりは戸惑った。「青年フェスタ」の案内は佐々木から送ってもらっていたし、行きたいとは思っていたが、自分は実行委員どころかまだ組合にも入っていない。遠慮しようと思ったが、研究授業を終えた解放感で、つい誘われるままに居酒屋に入った。学生など若者向きのチェーン店で、かなりにぎわっている。ハナキンの夜は二時間限定なので、うまい具合に、入れ替わりで総勢八人が座れる部屋が確保できた。

みんなは生ビールを注文した。あかりはノンアルコールビールだ。乾杯がすむと、いくつかの料理を注文し、座っている席の近いもの同士が、てんでにしゃべりだした。あかりは、研究授業があったこと、以前話した松下が声をかけてくれたことなどを佐々木に話した。近くに座っている二人の青年も、話を熱心に聞いてくれた。

「すごいなあ、そのがんばり。あなたのひたむきな態度が、周りの人を変えていってるんや。ぼくも勇気づけられた」

いつの間にか、みんながあかりと佐々木に集中していた。

佐々木が座りなおして話を始めた。

「先週の日曜日、教育基本条例反対の署名を持って、H団地に入ったんやけど、出てきてくれる人のほとんどが、先生らが自分らを守るための署名やないかって言わはる。そんな風に見られてるんや」

みんながうなずいた。

「けどな、そうやない、この条例で、一番しんどい思いをするのは子どもたちなんやということを話すと、話を聞いてくれる。この条例が通ると、三年連続で定員割れの高校はつぶされてしまうという話をするんや」

それはあかりも聞いて知っていた。

「高校の学区が大阪全体で一つになる。だから、大阪全体の優秀な子は、みんなどこか一つに集められる。そしていろいろ問題を抱えている子の多い学校は、つぶされてしまうんや。中河内高校も定員割れしてるから、このままいくとなくなる。今まで行けてた高校がなくなるんや」

佐々木の隣に座っていた青年が話を引き取った。

「定員割れの高校は、先生がサボってるからそうなるわけではありません。学力の低い学校も、いろいろ事情抱えてそこに来る子どもらには、大切な居場所なんです。うちの二年生の子も、すごく心配しています。中には、もうおれの行く高校ない言うて落ち込んでる子もいます。競争主義であおられ、子どもが一番つらい思いをするんです。見ていて、ぼくらも、たまらん気持ちです。なんとかせなあかんと……」

佐々木たちはこうして地域に入って運動しているのだ。あの時も宣伝に来ていた。教育活動だけでも目いっぱいなのに、どうしてそんなエネルギーが出てくるのだろうか。

あかりは、ふと戸田のことを思い浮かべた。

研究し、本も書き、あちこち講演し、毎日のように人の相談にも乗り、ビラも配る。その力の源はなんだろう。

二時間は瞬く間に過ぎた。外に出ると、少し風が強くなり、中天にかかった月が冴えた光を放っていた。

年が明けた。橋下知事の辞任、市長選出馬によって生じた秋の知事選と市長選では、独裁政治反対の一点で協同した勢力が健闘したが、巧みなマスコミ操作によって勝利を収めた（と言われる）橋下維新の会は、余勢をかって教育基本条例を府議会で可決しようとしていた。大阪市では継続審議となったが、維新の会と選挙協力などをふまえて共同歩調をとる公明党が賛成すれば可決される状況にあった。佐々木が送ってくれる組合ニュースで、あかりもそうした情勢を知り、意識的にテレビや新聞のニュースに注目するようになっていた。

そんな中、いよいよ佐々木たちが準備してきた青年フェスタの当日となった。

あかりが会場のMホテルにつくと、受付のところに戸田が立っていた。今日の講師の一人だという。開会までにまだ間があるので、二人はホテルのレストランに入ることにした。すでに席にいた佐々木たちのところへ合流し、四人でテーブルを囲んだ。佐々木の横にいた青年は佐藤と名乗った。中河内市で三年目の教員で、今年の実行委員もつとめているという。

「以前、パワハラの話しましたやろ。あの時ちょっと言うたけど、彼もパワハラでずいぶんしんどい思いをしたんですわ」

佐藤は、学級が荒れだし、校長にしばらく休めと言われ、教師を辞めて実家の商売手伝おうかと思ったという。きちんとさせなければと一生懸命になればなるほど、子どもに反発される。クラスがうまいこと行かへんのは、自分が教師に向いてないからやと。

「彼と同じ職場の組合員さんから相談受けてね。とりあえず書記局に来てもらって、じっくり話し込んだんですわ」

「佐々木さん、いきなりぼくにこう言うたんですわ。どや、先生、ラーメンでも食べよか、て。びっくりしたけど、正直、気持ちが救われ、なんや涙が出そうになりました」

わかる、その時の様子が浮かぶ。あかりは、いっしょにサンドイッチをつまんだ時の佐々木を思い出した。

「そやったな。あの後、書記局に来た人らが相談に乗ってくれたね」

「はい、親身に聞いてもらいました」

「立ち直れた一番大きな理由は何やったと思う」

佐藤は少し考え込んだ。

「いろんな学校の実態を聞く中で、苦しんでいるのは自分だけやないと思ったことですね。……先輩たちの立派な実践の話を聞くと、ますます落ち込むだけやったけど、しんどい話をいろいろ聞いているうちに少し元気が出ました」

「その場で組合加入してくれたんやで。なあ、びっくりしたで」

佐々木は、佐藤を見てにやっと笑った。

「うれしかったわ。こっちが元気もろたんや」

あかりの心で何かがちかっと揺れた。次にくる言葉を待っていた。

「先生もぜひ入ってください。いっしょに勉強していきましょう」

佐藤が言うのと同時に、戸田があかりの背をたたいた。

「なんやあんた、まだ組合入ってなかったん。すぐ入り」

「入ります」

「ちょっと、えらいあっさりしてんな」

「そのつもりでした」

あかりは、ゆっくりと話し始めた。

「この間母から長い電話かかってきました。あんた、橋下さんで大阪の教育えらいことになっちゃあるやろ。もう和歌山へ帰ってきちゃどうや。こっちでのんびり先生やり、言うて」

佐々木は心配そうにあかりを見た。

「それで、どない言うたんですか」

「帰りません」

佐々木がぱっと笑顔になった。

「いろいろすばらしい人に巡り合えたし、子どもたちもかわいいし、それに……モノのはずみで組合も入ってしもた言うてしまいました」

はじけるように戸田が笑った。

笑いながら佐々木が握手を求めてきた。目が潤んでいた。

ランチを食べてコーヒーが運ばれてきた時、戸田が静かに言った。

「確かに、大阪の教育、これからいろいろ厳しなるやろ。政治の介入がもろに出てきた。けど、どんなに権力が躍起となって教育を支配しようとしても、直接子どもらを育てているのは、親と教師なんや。橋下さんと違う。維新の会と違う。あんたらや」

佐々木が深くうなずいた。

「私な。今、戦前から戦後にかけての作文教育史勉強してるんや。戦争が迫ってきた時でも、子どもらに希望の灯をともし続けるためにがんばり抜いた人たちがいたんや。命がけで」

戸田はじっとあかりを見た。

「どんな時でも子どもたちに希望を語るのが、教師の仕事や。そして今、目の前にいる子どもたちこそが私たちの希望や」

希望、確かに子どもたちは自分に希望を与えてくれた。いつもいつもうまくいくとは限らない。でも、どんな時でも子どもたちと誠実に向き合い、学び、時にはぶつかり合って、いつの日か戸田のような希望を語る教師になりたい。

佐々木がぽつんと言った。

「佐藤君、君と杉田さんは、ぼくら中河内の希望の星や」


レストランを出ると、続々と参加者が集まってきた。大阪府の北から、南から、困難を抱える教育現場に希望を求めて集まってきたのだろうか。

私の教師一年目がもうすぐ終わる。これから何が待っているかわからない。でも何があっても子どもたちといっしょに歩いて行きたい。

あかりはゆっくりと会場への階段を上って行った。

2　ありがとう、きみへ

1

六時にセットした目覚ましが鳴っている。だんだん音が大きくなる。起きなければならない。だが、まだ起きたくない。朝食を抜けば、あと一時間寝ても出勤には間に合う。

哲史は手を伸ばして目覚ましを切った。ごろんと寝返りを打ってうつぶせになる。だが、結局あまり眠れない。ようやくうとうとと眠りに落ちかけた時、部屋に入ってきた母の美佐子に揺り起こされた。

「テッちゃん、起きや。時間やで」

最近こうやって母に起こされることが多い。

中河内市で中学教員となって五年目の楠田哲史は、二年の数学を担当し、担任以外にも生活指導やサッカー部の顧問で次第に責任が重くなっている。学期末が近づき、仕事と疲れがたまっているのだ。

仕方なく起き上がり、風呂場に行って冷たい水のシャワーを浴びた。少しすっきりしてダイニングルームに行くと、父の康一が例のごとく新聞を読みながら文句を言っている。

中河内市の小学校教員だった父はこの春退職して年金生活者となった。母は、高校の事務職員だったが、やはりこの春退職した。二人とも若いころから組合活動に熱心だったが、今は年金者組合、新日本婦人の会その他の組織でせっせと活動している。朝は早起きで、しんぶん赤旗を読みながら、ゆっくり食事をとる。

「これはひどい、なんちゅうこと言うんや」

「また朝からひどい話かいな」

朝食の用意をしながら、母が合いの手を入れる。ここから二人の政治談議が始まるのをいつも聞かされることになる。

「マスコミを懲らしめなあかん、沖縄の二つの新聞はつぶさなあかんて、何ぬかすか」

「誰が言うてるの、そんなこと」

「あの百田言う作家や。ＮＨＫの放送委員かなんかやってたやろ」

キュウリとトマトを切り終えて皿に盛りつけた母が、新聞を覗き込む。

「ふうん、自民党の若手勉強会。なに勉強してんのやろ」

「憲法の勉強してもらわなあかんな」

父は哲史の方を見て何か言いたそうにしたが、そのまま新聞に目を落とした。哲也は黙っている。あまり議論に入るつもりはない。

「戦争法は憲法違反やいうて、いろいろ新聞で批判されているのがこたえてるんと違う」

母もそうやって調子を合わせる。

「そやな。反対意見に耳をかさへん。思い通りに審議が進まへん。焦りとおごりや」

母はトースターからパンを取り出し、マーガリンを塗りながら、調子よく相槌を打つ。

突然「迷子の迷子の子猫ちゃん」と歌う幼児の声が聞こえた。母の携帯の着信音だ。孫のちさとの声が入っている。母は食卓に置いてあった携帯を急いで取り上げた。

「はいはい……そうか、まだあかんか……うん、わかった。ほな、電話して。すぐ行くようにしとくから」

母は何度もうなずきながら電話を切った。

「美咲か」

「うん、ちいちゃんまだ熱あるみたいやて。一応連れて行くけど、保育所から呼び出しあったら迎えに行ってほしいて」

姉の美咲は地元の生協病院で看護師をしている。夫はK大医学部の助手だ。まだ三歳のちさとが熱を出したりすると、たちまち母が応援に行くことになる。

「さあ、ご飯食べよか」

母が哲史の前にトーストとサラダの皿を置いたとき、今度は哲史のスマホにメールが来た。学年主任の増田からだ。

(小林さん退職することになった。八時から、今後のことを相談したいのでよろしく)とある。

「ええ!」と思わず声が出た。

「何かあったんか」

トーストをかじっていた父が声をかけてきた。

「小林先生、結局辞めるんや」

哲史は、（わかりました）と返信し、スマホをがたんと置いた。

「病欠にしたらよかったのに」

哲史は残念だった。三年先輩の小林信吾は、明るい人だった。自分にもいろいろと教えてくれたし、生徒にも好かれていた。それが、指導していたバスケット部で、この春、選手の起用などを巡って部員や保護者とトラブルが起こり、顧問を辞めることになってから、様子がおかしくなっていった。担任していた生徒たちともうまくいかなくなり、だんだんうつ状態になってしまったのだ。七月初めから休みがちだったのだが、病欠申請にとどまらず、退職を決断したということになる。

なんどもうなずきながら哲史の話を聞いていた父は、食べるのをやめて考え込んだ。

「その先生のクラス、生徒の様子はどうや。落ち着いてるか」

「ちょっと荒れてきてる。ぼくらもいろいろやってるけど」

「そうか。退職となると代替探すのが大変やな。しんどいクラスとなるとなおさらや」

「そうなん」

母も食べるのをやめて、話に加わった。

「中河内の中学校はいっぱい穴が空いてるんや。こないだ退教の集まりで、現役の役員から聞いたけど、今年になってからもう病気退職が四人やそうや」

父は組合役員をしていたので、中学校の様子にも結構詳しい。

「たいへんやね。ほな、休んだ人の代わりはどうするの」

「管理職が担任代行したり、いろいろやりくりしてるやろな。小学校でも定数内講師が担任引き受けてやってるみたいやな」

父がコーヒーに砂糖を入れようとするのを、母が止めた。

「入れすぎ、やめときて」

不満そうに父は手を止める。アルコールをほとんど飲まない父は甘党だ。

「お父さん、もう一回講師に行ったら」

母がまんざら冗談でもなさそうに言うと、父はむきになって否定した。

「ぼくはもうええ、体が続かん」

「へええ、毎晩飛び歩いてるのに」

母は皮肉な口調で言う。

「現場の教員は、それどころやない。ほんまに今は大変や。子どもも親も大変やけど、教員はぎりぎりまで来てる」

母が哲史を見た。

「テッちゃんも毎晩遅いけど、体大丈夫か」

大丈夫ではないと言いたかった。確かにこの間バテ気味だ。だが、ともかく夏休みまで行けば一息つける。

「まあ、なんとかやってる」

哲史はコーヒーを飲みほした。

「ごちそうさま」

立とうとする哲史を父が呼び止めた。

「哲史、学校で教科書の話は出てるか」

「出てないこともないけど、決めるのは教育委員会やからな」

「なんやそれ。どうでもええいうことか」

思った通り、父はむきになる。

「現場の教師こそ、教科書問題を真剣に考えてもらわなあかん。これ以上育鵬社の教科書採択させるわけにはいかんやろ。戦争する国づくりは許されへん」

「それは父さんの考えやろ。市民の意見はいろいろやないか」

「おまえなあ」

父は何か言おうとしたが黙ってしまった。

実のところ、哲史も父の意見はよくわかっていた。中河内市では、大きな神社を中心に日本会議の活動が盛んで、ヘイトスピーチなどもよく行われている。そんな力をバックに育鵬社の公民教科書が採択されており、今度は歴史の教科書も採択しようという流れになっていることや、哲史も加入している中河内教職員組合や父たち退職教職員がそれに激しく反対して運動していることは知っている。自分ももちろん反対だ。だが、なんとなく父の言葉には素直になれない。それが正しいことであっても、いちいち自分の価値観を押しつけてくれるなと言いたい。もう自分はれっきとした社会人なのだ。自立した大人なのだ。

また始まったと思ったのか、母が口をはさんだ。

「お父さん、今日も宣伝行くんでしょ。晩御飯どうする。私、美咲のとこへ行くから帰り遅いかも」

「先に帰った方がなんとかしょう」

「わかった。今日は暑うなりそうやね」

「なりそうや。特に学校が一番暑い。今日あたり三十五度超えるやろ」

「ほんまやね。ええ加減にクーラーつけてもらわなあかんわ。新婦人も署名集めてるんやで」

「行ってきます」

立ち上がった哲史を母が呼び止めた。

「出すの忘れてた。この枇杷一口食べていき」

母が冷蔵庫から出した枇杷に哲史はかぶりついた。

「うまい」

「そうか。これ、沙織ちゃんが持ってきてくれた枇杷やで」

「ええ、ほんまに、いつ持ってきたんや」

「昨日の晩。お家で採れたから言うてな」

母はにこっとした。

秋山沙織は哲史の幼なじみで、保育所も学童も一緒だった。短大を出て今は保育士をしている。家も近いし、ずっと友だちづきあいして、言いたいことを言い合う仲だったが、わが家にそんなものを持ってくるとは意外だった。

「あんたら、仲良しなんやろ」

「行ってきます」

母の言葉を無視して、哲史は部屋を出た。

2

忙しい日々が続き、期末テストの最中となる金曜日の放課後を迎えた。テストの処理や成績つけはこれからだ。幸いテスト中はクラブ活動が休みとなる。明日の朝は少しゆっくり寝たい。そのためにも今日は学校で九時ぐらいまではがんばるつもりだった。

テストを採点していると沙織からメールが入った。今晩会ってしゃべりたいと言っている。

何か相談があるのかもしれない。哲史は、八時に中河内駅近くのファミレスで会おうと返信した。双方の職場から同じぐらいの距離で、家にも近い。ときどき二人はそこで会う。ありふれたデートスポットだが、時間を気にせずしゃべりやすい。

哲史は八時ちょっと過ぎに来たが、沙織の姿は見えなかった。何をしているのだろう。保育所もこんなに遅くまで仕事があるのだろうか。とりあえずドリンクバーを注文し、アイスコーヒーを飲んでいると、黒のTシャツに白ジーンズ姿の沙織があわただしく入ってきた。長身の彼女はかなり目立つ。哲史が手を上げると、笑顔で駆け寄ってきた。

「ごめんな、遅なって」

「そっちも遅いんやなあ。残業か」

「うん、今日は保育所守る会で、地域訪問行ってたんよ。保育所つぶさんといて言う署名持って」

テーブルに着くと、沙織は早速署名とチラシを取り出して哲史に見せた。保育所関係の運動は母もやっているので、チラシは見たことがあるが、沙織がこうして活動していることはあまり知らなかった。

「そうか、お疲れさん。食事取るか」

「ドリンクバーだけでええ」

「そうか。スイーツは」

「欲しいけど、止めとく。もう八時回ってるもん」

「えらい。おれなんかいつも十時過ぎに晩飯やけどなあ」

「ええやん、テッちゃんはちゃんとカロリー消費してるやろ」

二人の会話はいつもこんな調子でトントンと運ぶ。家では無口な哲史だが、沙織と会うと口も軽くなるのだ。

沙織がドリンクバーを取りに行っている間に、哲史はチラシに目を通した。「ぼくの保育所つぶさんといて」という大きな見出しと共に子どもの泣き顔が漫画で描かれている。どうやら沙織のしゃべりたいのはこの運動のことらしい。チラシを読むと、中河内市では、今ある十一の公立保育所と十九の公立幼稚園を廃止し、幼保一体化して五つの認定子ども園にするという。

身近な保育所や幼稚園がなくなれば困る人たちはたくさんいるだろうし、反対も当然だと思うが、なぜ今、そんなことがやられようとしているのだろうか。

哲史が、「それで署名はどんな具合や」と水を向けると、待ってましたとばかりに沙織はしゃべりだした。

「いろいろやね。はいはい言うて署名してくれる人もあるけど、うちは関係ありません言う人もおるし」

「そらそやろな」

「認定子ども園て何、言う人に、幼稚園と保育所が一緒になるんですって言うと、ええことやないのって言う人もおるし」

沙織の言う認定子ども園について、哲史はまったく知らない。多分ほとんどの人が知らないだろう。

「どういうええことがあるんや。おれも聞きたい」

「誰も答えられへんよ」

沙織の声が大きくなった。

「市の職員に、保育所へ説明に来てもろたんやけど、質問にもいっこも答えられへんし、上司に伝えます言うだけ。腹立つの通り越して気の毒になってきた」

「なんやそれ」

保育所が無くなるというのに、そんなことでいいのだろうか。

「ほんまに市長何考えてるんやと思うけど、問題は保護者以外の人にどうわかってもらうかやねん」

ふとその時、哲史の頭をなぜか教科書のことがよぎった。

「教科書問題と同じやな」

「ほんまやね。教科書問題は難しいから」

沙織がすぐに応じた。

「けどすごい宣伝してるね。康一先生がんばってはるんやろ。尊敬するわ」

哲史は苦笑した。沙織は以前から父の康一と母の美佐子を慕っている。保育所時代は、お互いによく面倒をかけ合った仲だし、自分の父親はノンポリで物足りないが、康一は信念があってえらいというのだ。まあ、自分の親を気に入ってくれるのはありがたいが、あまりうれしくもない。

「退職して暇なせいか気合い入ってるわ」

「何言うてるの。ビラも十万枚作って、毎日宣伝カーも走らせて、駅前で演説して、もうすごいやん。誰でもできることとちがうで。」

「なんでそんなことまで知ってるんや」

「私、康一先生のファンやもん。枇杷持って行った時も、おばちゃんいろいろ言うてはったよ」

哲史の知らないところで、両親とはよくしゃべっているらしい。まるで実の娘だ。

「昔から、とことん突っ走るタイプや。おれもいろいろ迷惑受けた」

「またそんなこと言うて。うちの親なんか、一生懸命やることなんもない。甲子園球場行って叫ぶくらいや」

「そんな親の方がよかった。うちは政治的な話ばっかしや」

そんなふうにぼやく哲史を顔をしかめて見ていた沙織が、突然立ち上がった。

「あ、中島先生や」

沙織の視線の先に、店の奥から出てきて、レジで支払いをしている中島涼子の姿があった。中島は中河内市のベテラン学童指導員で、子どもの時二人を担当してくれた人だ。一年ほど前、地域の学童保育運営委員会によって突然解雇を通告され、裁判でたたかってきたが、勝訴して無事解雇を撤回させた。二人はもちろん、両親たちもその支援会議に参加し、署名活動などに取り組んできた。

「中島先生！」

哲史も、それなりに応援したという思いがある。中島は今の二人にとって大切な存在なのだ。

気づいた中島が二人の席へやってきた。

「あらあら、沙織ちゃん、居てはったん。テッちゃんも……」

「先生、解雇撤回裁判勝ってよかったですね。おめでとうございます」

沙織がそうあいさつすると、中島もていねいに頭を下げた。

「ありがとう、あんたらにもお世話になりました」

「先生、もう職場復帰してはるんですか」

哲史の問いに中島は笑顔で答えた。

「うん、おかげさまで、元気にやってます」

「もう、あの人ら、運営委員会からいちゃもんをつけられたりすることはないんですか」

「大丈夫。ほんとにありがとう」

中島は元気そうだ。髪の毛に少し白いものが混じりだしているが、顔色はいいし、声に張りがある。

「先生、ともかく座って」

沙織がそう言うと中島はかすかな笑みを浮かべた。

「ええの？　デート中なんやろ」

「別に」「おれも別に」

二人は同時に反応した。

「あんたら、学童の時から仲よかったもんね。幼なじみの思い出は、いう歌の通り」

「そう言うわけでは」と哲史が言うと「ありますやろ」とすかさず返された。まあいい。言い合っていても始まらない。中島先生にはなんと思われてもいい。

中島は結局二人につき合うことになり、ドリンクバーのコーヒーを取りに行った。

「先生元気やな」

「うん。よかったね」

二人はしばらく黙って、中島のことを考えていた。

「先生もしんどかったと思うわ。突然首やて」

「おれもびっくりしたわ」

「先生が労働条件のことや、いろいろ要求するのが気に入らんかったんやね。労働者として当然やのに」

「うん。」

中河内市の学童保育は、数年前から、各地域ごとに委嘱された運営委員会が、すべての実権を握るシステムになってしまった。指導員は雇用された労働者というよりも有償ボランティアという扱いを受け、賃金は安く、身分も不安定だ。このままではいけない、いい保育をするためにも待遇の改善をと要求し続けてきた中島が目障りだった運営委員会は、昨年四月、本人には何の通告もなく、いきなり解雇したのだ。長年情熱を持って働いてきた中島はこの屈辱に耐えられず、撤回闘争に立ちあがったのだ。

「勝利集会、泣いてはったね。先生」

「ほんまに鬼の目にも涙やな」

「失礼やね。先生優しいやん」

「おれはよう怒られた。はっきり言って学童嫌い。クラスの子と遊びたかった」

「キックベースの時えらい怒られてたね」

「二年の時やろ。負けてたから一年にぶつけて八つ当たりしたんや」

戻ってきた中島が二人の会話を目を細めて聞いていた。

「最後はごめんなさい言うてたやん」

「あれは、中島先生の顔見てたら、なんとなくごめん言うてもうたんや」

「おぼえてるよ」

中島が言葉を挟んだ。

「よう拗ねたね、テッちゃんは。けど、あの時からずいぶん変ったよ」

「ほんまですか」

「ほんまほんま。小さい子にやさしくなった。今はこうやってええ先生してるやん。サッカー部の指導もしてるし。沙織ちゃんもええ保育士さん。みんなえらい」

「それを育てた先生が一番えらいです」

沙織の言葉に中島はあわてて手を振った。

「何言うてんの、恥ずかしい。けど学校も、保育所も、学童も、子どもを育てる大事な仕事やから、しっかり子どもと向き合っていかなあかんね」

哲史はうなずいた。両親に言われるとうるさいと思うことがこの人の口から出ると素直に聞ける。

「二人とも、どんなことに一番力を入れてはる」

「私は先輩に言われました。子どもの発達をしっかり押さえなさいて。子どもは集団の中で育つということも教わりました」

中島はうれしそうにうなずいた。沙織はこういう時は実に上手に答える。

「ええ先輩やね。その通りやわ。テッちゃんは」

一瞬答えに詰まった。沙織以上にいい答えをしようと思ったが出てこない。

「大体同じです」

「何それ」

すかさず沙織が突っ込む。

「ええコンビやね。あんたたち」

中島は笑って二人の顔を見比べた。

「先生、私、今度の幼保一体化で、これまで通り保育の実践ができなくなるんと違うかと心配なんです。保護者のみなさんもいろいろ心配してはるけど、私はそれが一番心配なんです」

沙織の表情は真剣だ。哲史がたとえばどんなことかと尋ねると、沙織は即座に答えた。

「同じクラスやのに、一部の子は先に帰るとか、夏休みに来る子と来ない子がいるとか、そんなことでまとまりのある集団作りができるのかどうか、まだいろいろあるけど」

「そうか、そうなんや」

「学校かて一緒やろ」

「うん」

哲史はあらためて思った。保育士の仕事は、専門職なのだと。沙織の言葉は、プロでなければ出ない言葉なのだ。学童指導員もそうなのだ。自分も沙織もそこで集団の一員として育てられたのだ。

中島が二人をじっと見た。少し目が潤んでいた。

「私も協力します。みなさんに裁判闘争で、ほんとにお世話になったし」

中島は言葉を切って目を閉じた。哲史はじっとその顔を見ていた。

「私な。解雇の貼り紙見た時、なんて言うか、体が震えてな。これまでの仕事をまるっきり否定されたんやなと思ったら、もうとにかく悔しいし、腹立つし、正直もう辞めたろか思ったけど、これは自分一人の問題やない。指導員の権利を守ることは、子どもたちを守ることなんや。ここで引き下がったらあかんて思ったの」

沙織が深くうなずいた。

「今度は保育所と幼稚園を守らなあかんね」

中島の言葉に、思わず哲史はつぶやいた。

「教科書問題もお願いします」

驚いたように沙織が哲史を見た。またそんなことを言ってしまった。おれは父親とは違うはずなのに、なぜだ。

中島は時計を見てゆっくりと立ち上がった。

「まだまだこれからが大変やけど、今日はあなたたちに会えて元気が出たわ。立派に育ってくれてありがとう」

そういう中島は美しく見えた。目が輝いている。力がある。

「先生、今日は美人です」

「ほんまに」

「今日はと違うやろ、いつもやろ」

沙織がそうたしなめた。しかし、これは哲史の実感だった。

3

翌週の土曜日、夕方五時に、中河内市の教育と保育に関わる運動団体で作る子育て市民会議主催で、それぞれの抱えている課題を持ち寄って、大きな規模の駅頭宣伝が行われることになった。沙織も中島も参加する。父の康一もむろん参加するだろう。哲史は、あまり気が進まなかったが、沙織に絶対来てほしいと言われて断れなくなってしまった。

朝から出勤してクラブの練習につきあい、午後は成績処理にがんばり、五時に自転車で中河内駅へ出かけた。ところが、駅に近づくと、予想もしなかった演説が聞こえてきた。

「市民のみなさん。国や地方自治体に対して、自分たちの生活のことで、権利、権利と主張する人たちがたくさんいます。でもみなさん、よく考えてください。北朝鮮のミサイルが日本に向けられています、中国の漁船が領海侵犯を繰り返しています。こんな時、自分たちの国のことを、真剣に考えない人、自分たちの国を自分たちで守ろうとしない人には、日本国民としての権利を主張する資格はないと思うのです」

なんだこの演説は。子育てどころではない。右翼団体だろうか。

駅前に着くと、「育鵬社の教科書採択を」と書いた大きなのぼりを立てた人たちがハンドマイクで演説していた。まだ若い女性がよく通る声でしゃべっている。以前に同じ場所でヘイトスピーチをやっていた女性だ。哲史は、自転車に乗ったまま演説に聞き入った。

「国民としての義務を忘れ、権利ばかり主張する人たちがどうしてこんなに多いのか、それは正しい教育が行われてこなかったからです。みなさん、この育鵬社の教科書は、そうした間違いを正し、日本人としての誇りと自覚を持ち、しっかり国家のために働く、そんな若者たちに育ってほしいという願いが込められた立派な教科書です。中河内市では、すでに中学校、公民の教科書が採択されています。わが中河内市の誇りです。引き続いての採択はもちろん、今度は歴史教科書もぜひ採択されるように、ご協力のほど、よろしくお願いします」

聞いているうちに哲史は胸がドキドキしてきた。体の中から、何かしら突き上げるような怒りが湧いてくる。何が正しい教育だ。何が中河内の誇りだ。現場のことをこいつは知っているのか。

立ち止まって聞いている人はほとんどいない。ビラを配っている男が、哲史に近づいてきて渡そうとしたのをきっかけに、「いらんわ」と浴びせて哲史はその場を離れた。

反対側の改札の方に回ると、今度は子育て市民会議らしい歌声が聞こえてきた。どうやら場所がかち合い、やむなく少し人通りの少ない改札の方へ移動したらしい。駅前の広場では「保育所つぶさないで」と書いたのぼりやプラスターを立て、署名集めとビラ配布をしている二十人近い人たちの中に沙織がいた。

ギターを手にした中河内教組委員長の佐々木を中心に三人のグループが歌っている。沙織が大好きでよく口ずさんでいる「ありがとうきみへ」という歌だ。「生まれてくれてありがとう」に始まり、成長していくわが子への思いを綴った歌で、子育て集会や組合の教研集会で歌っているのを何度か聞いたことがある。

歌が終わると、リレートークが始まり、中島がマイクを握った。

「ご通行中のみなさん、私は、河内東学童クラブで指導員をしている中島涼子と申します。昨年度から、私の学童クラブの運営委員さんが総替えになりました。そして新しい運営委員長は、これまで常勤者は年間千八百時間から二千時間とされていた勤務時間を千時間以内に短縮するとし、これに従わないものは退職と通告してきたのです。これでは会議もできないし、第一まともな保育ができないと異議を唱えた私たちを解雇したのでした。幸い多くのみなさん方のご支援で解雇は撤回され、再び働けるようになりました。ありがとうございました」

集まっていた人たちから力強い拍手が起こった。

「私は、これから中河内市の学童保育のあり方を変えていかなければならないと思っております。負担金がめちゃくちゃに値上げされようとしています。五千円だったのが七千五百円に、土日の利用者は千円も取られるのです。親のくらしがどれだけ大変かわかっていないのではないでしょうか……」

中島の訴えが続く中、少しずつ立ち止まって聞く人が増えてきた。哲史もビラ配りを手伝うことにした。周りの人は元気よく声をかけているが、なかなかそうはできない。

中島に代わってマイクを握ったのは、保育所に子どもを通わす母親だった。傍らのバギーに寝かせた子どもがいる。

「市民のみなさん。御存じでしょうか。今、中河内市にある十一の公立保育所と十九の公立幼稚園のほとんどが廃園にされようとしています。身近な保育所と幼稚園をつぶし、たった五つの認定子ども園にまとめてしてしまおうというのです。ですから、それぞれの地域では、ぼくらの通う場所をつぶさんといて。これでは安心して子どもを産み育てられないという声が上がっています。なぜそんなに急いで保育所をなくすのという声にも、全く耳を貸そうとせず、各地域で開かれた説明会でも、たくさんの質問にまともに答えることはできませんでした。私、金岡保育所に通うのに、下の子をおんぶして、上の子の手を引いて通ってます。土曜日、二人分の布団かかえて、雨が降ったらお手上げです。三キロ離れた小坂幼稚園まで通うとなったら、もう次の子あきらめなやって行けません。それで少子化対策とか言えるんでしょうか。絶対保育所つぶさんといてほしいです」

大きな拍手が起こった。次第に宣伝が盛り上がって行くのがわかる。

すぐ傍で「保育所なくさんといて」の署名を集めている沙織の前に立った女性がしきりに話しかけている。どうやら顔見知りの保護者らしい。哲史は聞き耳を立てた。

「先生、ご苦労様。お仕事済んでからもこないしてがんばってくれて」

「いえ、とんでもないです」

沙織はうれしそうに子どもの話を始めた。

「おかあさん、今日ユウ君すっごいがんばったんですよ」

「ユウが?」

「あの子、みんなでやるリズム遊び苦手で、いつも泣いて嫌がってたんですけど、今日は、行くぞ、という目をしてたんです」

「わかるんですか、先生」

「わかります。今日はやってくれました。一回だけやけど、初めて自分からやってくれたんです」

「ほんまに、ユウが……信じられへん」

二人は、夢中で話している。哲史にも沙織の仕事ぶりが伝わってきた。子どものことを真剣に見ている。その変化に注目し、感動しているのだ。もちろん自分もそうしているつもりだが、日々の忙しさに流され、疲れ、生徒とのふれあいがおろそかになっていないだろうか。

哲史はずっと考えてきた。あの元気な小林が、退職に追い込まれてしまったのはなぜだろうかと。バスケット部員との関係がどうしてうまくいかなかったのだろう。小林は勝利至上主義だと言われていたが、ほんとにそうだったのだろうか。勝っている時はもてはやされ、その矛盾が出た時には、手のひらを返したように非難されて、落ち込んだのではないだろうか。そもそも中学校の部活動とはなんなのだ。授業以上に大事なはずがないではないか。何度となく考えた疑問に入り込みかけた時、はっとした。自分の前を通り過ぎようとした若い女性がビラを取ってくれたのだ。

沙織の声がまた耳に入ってきた。哲史はビラを配ろうとするのをやめ、二人の方に近づいて、やり取りを聞いた。二人のやり取りを見た。

「だから私、目が行き届かなくなるのが、いちばん怖いんです。保育所は三十人やけど、認定子ども園では五歳児は一クラス三十五人になります」

「そうなんですか……」

「大規模になったら、他にもいろいろ問題出てくると思います。もちろんおかあさんらが一番大変やけど」

「先生、私、この署名書いたけど、もう一枚持って帰ります」

沙織の声が弾んだ。

「ほんまに！　ありがとうございます。ユウ君にもありがとうって言いたいです」

その時マイクから父の大きな声が聞こえてきた。教科書問題での訴えを始めた父の横では、育鵬社の教科書を拡大し、問題の個所に線を引いたプラスターを持った人が二人並んでいる。

「ご通行中のみなさん。中河内市では、中学校の公民の教科書に、全国ではめったに使われていない育鵬社いう会社の教科書を採択しています。今度は歴史の教科書も採択しようとしてますんやけど、それがどんな中身か知ってはりますか。すごいこと書いてありますよ。このパネル、まあちょっと立ち止まって見てください。太平洋戦争のことを、いまだに大東亜戦争いうて書いてるんですよ。あの戦争はアジア独立のための戦争やったて書いてるんですよ」

意外と父は砕けた口調で話す。少し枯らした声で調子よくしゃべっていたが、突然咳き込んだ。思わずはっとしたが、すぐに演説を再開した。どうやら大したことはないようだ。

哲史は、通行人にビラを差し出しながら、初めて父のスピーチを素直な気持ちで聞いていた。

4

夏休み直前の日曜日、朝食も食べずに朝寝坊した哲史が、起き上がったのはもう十時近くだった。ダイニングルームに降りると、食卓で父は教科書を傍らに置いて、愛用のノートパソコンに向かっていた。教科書問題での演説かニュースの原稿を作っていると見える。

おはようとつぶやき、哲史がテーブルに座ると、洗濯物を畳んでいた母が、声をかけてくれた。

「ご飯あるけど、食べるか」

「もういい」

母はうなずいて、「みんなでコーヒーでも飲もか」と言った。パソコンに向かったまま「うん」と父が返事すると、母はすかさず「私にも淹れて」と返した。

「え？　はいはい」

父は素直に立ち上がり、コーヒーを準備し始めた。母は哲史の方を見て少し微笑み、洗濯物を片づけ始めた。父は頑固だがいわゆる亭主関白ではない。家事に関しても献身的で、母が姉の家に行ったときなどは、ちゃんと食事の用意もしてくれる。

母が窓を開けると、蝉時雨が勢いよく聞こえてきた。こうして休みの日に落ち着いてみると、ずいぶんやかましいものだ。

父は三年前に突発性難聴になって、左の耳がほとんど聞こえない。おまけに蝉しぐれのような雑音がずっと聞こえるという。医者には、「海沿いの町で波の音を聞いていると思ってください。そのうち慣れますよ」と言われたそうだ。ほんとに慣れたと見えて、あまり気にしている風はない。

インターホンが鳴った。哲史が玄関を開けると中学生が二人立っていた。

「こんにちは」

「楠セン、あ、楠田先生おられますか」

出てきた父が、「おう、正樹と茂か。上がれ上がれ」と声をかけた。どうやらこの春卒業させた教え子のようだ。

二人は、意外にもきちんと靴をそろえ、「失礼します」と哲史にもあいさつして上がった。ダイニングテーブルに座った二人はかなりかしこまっている。哲史は、部屋を出ようかと思ったが、父がどんなことを話すのか少し興味がある。離れたソファーに座って、新聞を見ながらさりげなく会話に聞き耳を立てた。「どやった。もう期末テスト返してもろたんやろ」

「まあまあでした」

「茂は」

「あかんかった」

「なんや、よかったから自慢しに来たんと違うんか」

「数学と英語はよかったけど、公民が」

「茂、社会科得意やったやないか。卒論に憲法のこと書いたりしたやないか」

お茶と菓子を出しながら母が訊ねた。

「なに、卒論て」

正樹という子が答えた。

「六年の時先生に書かされたんです。好きなテーマ決めて論文書けいうて」

「小学生にそんな難しいことさせたん。この先生は」

「はい、オニでした」

茂がうれしそうに応じた。

「何があかんかった」

父の問いに、茂はすぐさま答えた。

「戦後の日本の平和は何によるところが大きいですか？　二つ書きなさいて」

「うん、それで」

「憲法九条と、国民の努力て書いたらバツでした」

「その通りやと思うけど」

母が不思議そうにつぶやいた。

「正解は」という父の問いに、正樹が答えた。

「自衛隊と安保条約でした。おれはアメリカ軍と憲法て書いたから三角でした」

そういうことか。確かに、そういう考えもあるだろう。しかし、憲法と書いたのがバツとは、あまりにも偏っているのではないだろうか。

「教科書しっかり読め言われました」

茂の話を聞きながら父は、育鵬社の教科書をめくっていた。

「……これやな。戦後の日本の平和は自衛隊の存在と共にアメリカ軍の抑止力に負うところも大きいと言えます。この条約は日本だけでなく、東アジア地域の平和と安全の維持にも、大きな役割を果たしています。……」

教科書を覗き込んだ母が呆れたように言った。

「すごい偏った見方やね」

「教科書に書いてあれば、テストでも当然それを書くことになる。どんな先生が指導しても一緒や」

「ほんまやね。けど、違う教科書もあるんやろ」

「もちろん、こんな育鵬社の教科書使っているところはごくわずかや。けど、今度の教科書検定で、中河内では、公民だけやのうて歴史まで採択しようとしている。日本の戦争が正しかったと言わんばかりの教科書や」

次第に声を荒げる父を見ている生徒たちが笑いだした。

「先生、相変わらず怒ってる」

「正義の怒りや」

母が、いたずらっぽい目で生徒たちを見た。

「あんたら、コーヒーでも飲むか。」

母は、父が淹れかけてサーバーに残っていたコーヒーを二人に勧め、砂糖とミルクを添えたが、父には砂糖がなかった。

父は黙ってコーヒーを飲み、生徒たちを見た。

「今日の話、宣伝でみなさんに聞いてもらうわ。ええ話聞かせてくれてありがとうな。いや、それよりなにより、こうして来てくれてありがとう」

二人は黙っていた。だが、父と二人の間には通い合うものがある。その空気がわかる。

哲史は、そっと部屋を出た。退職後も卒業した教え子と、こうして話し合える父が幾分うらやましかった。

「おれは親父のようになれるかな」

これまでもそんなことを考えたことがあるが、なんとなく今日は心がうずくような思いがする。部屋でごろんと寝転がって、哲史は教師としての自分を振り返っていた。


どちらかと言えば、強い使命感を持って教師になったわけではない。子どもはまあ好きだし、父親がどちらかと言えば苦しそうではなく、楽しそうにやっている姿も見てきたし、なんとなくこの道に進んだ。それほど生徒や親とぶつかることもなく、同僚ともまあまあ仲良くやって来られた。

哲史は、子どもたちのため口やわがままはあまり気にならない。自分もそんな調子でやってきたという思いもあるし、父も教師としてまったく管理的ではない。自分も子どもたち相手に、あまり強いことも言わず、彼らの言うことをそれなりに受け止めてきたから、それほど摩擦を起こすこともなかった。同時に、職員間でも強く自己主張をせず、相手に合わせてきた。そんな哲史を、学年主任の増田は頼りにして、よく相談をかけてくれた。

だが、これからもそれでいいのかという思いはある。哲史にもはっきりわかるくらい、学校の中は管理的になり、テストの成績が強調され、教師は疲労が募っている。父のように、言うべきことを言い、たとえ一時的には孤立しても筋を通すことが必要な時もあるだろう。おれはおれ、とか、背伸びはしないとか、父のまねはしないとか、そんな理由づけで、自分を納得させてきたが、沙織を見ていると、そんな自分でいいのかという思いがうずく。中島先生の前で、二人並んで話を聞くと、いっそうその思いがうずく。そして、自分の信念を通し、管理職にもならず、今も子どものことで情熱を燃やす父親の姿が、迫ってくる。

哲史は体を起こした。

この夏、自分も卒業生にはがきを出そうか。一人ひとりにちゃんと手書きの文章で。元気でいるかと。そんなことから、自分の教師としての生き方を問い直してみようかと。どの子にもちゃんと文章が書ければいい。その子の思い出が刻まれていればいい。

サッカークラブの部員たちとも、この機会にいろいろ話し合ってみよう。どんな気持ちでクラブをやっているのか。楽しさと勝敗、どちらを重視しているのか。一年生はちゃんと自分の気持ちを出せているのか。

哲史は、そんな話を沙織相手にしたくなった。前向きな自分をアピールしたい。自分をもっと認めてほしい。

え？　という沙織の笑顔が突然迫ってくるような気がして、哲史は胸の鼓動を感じた。

5

「残念やったね。康一先生、あんなにがんばってはったのに」

「うん」

七月末に教科書採択が決まった。教育委員会は、さまざまな市民の運動を無視した格好で、育鵬社の公民教科書を再び採択した。しかし、歴史教科書は採択されなかったのはやはり運動の成果というべきかもしれない。

「がっかりしてはったやろ」

「それがなあ、意外と元気やねん」

哲史は、運ばれてきた生ビールのジョッキをさっそく取り上げ、沙織と乾杯した。お盆の土曜日、今日は哲史の誘いで、中河内駅前の居酒屋に来ている。

「これからがたたかいや。戦争法つぶすぞとか、今度は紙芝居作って勝負するとか」

「ほんまあ……すごいねえ、すごいお父さんやね」

沙織は、心底感心したようにうなずいた。

「私もがんばって保育所守るで」

いつもなら、そんな沙織に軽く水を差すようなことを言う哲史だが、今日はちょっと違っていた。言おうと思っていたこともあるし、父のことも話したかった。

「おれな、この頃ちょっとだけ親父の気持ちがわかった」

沙織はおや？　というように哲史を見た。

「家庭塾開いて、無料で歴史の勉強会したいとか言い出してるし、いつまでたっても教師してるんや。子どもに関わることやとむきになって突き進むんや」

「わかるわ。だから康一先生素敵や」

「君もよう似てるからな」

「そうかなあ、私もそうなりたいけど」

沙織はうれしそうだ。

「おれと入れ代わってたらよかった」

これは哲史の本音だった。だが、今はそうでもなかった。

「何しょうもないこと言うてんの」

哲史は、だんだん自分の言いたいことが分からなくなりながらしゃべった。

「おれ、沙織のようにストレートに物事をとらえて突き進むタイプとちがう。

　ちょっと冷めた目で子どもを見て、同僚を見て、……学童でもよう反発したし、親にも反抗したし。まあ、そんなとこや」

「何が言いたいの」

　沙織は、哲史の言葉を聞き流してメューを見ている。どうする、言おうか。哲史はためらいを吹っ切るようにぐっとジョッキを傾けた。

「おれ、沙織と一緒になったら、ちょうどええかと」

　驚いたように沙織が顔を上げた。

「それ、プロポーズ」

　哲史はうなずいた。

「まあな」

「わかった」

　沙織はためらいなく答えた。

「言い出すのが遅すぎるわ。もう、そんな気ないんかなあと思ってた」

「ごめん」

　哲史は頭を下げた。

「なあ、子どもできたら、ちゃんとイクメンしてくれる」

「多分」

「多分ではあかん」

「ちゃんとする」

沙織と目が会った。心のつかえが下りて、喜びが込み上げてきた。

二人は、沙織の家への夜道を並んで歩いた。腕を組むでもなく、肩を寄せ合うわけでもない。何かしらそんなことは気恥ずかしくてできなかった。だが、沙織の脇を車が通り過ぎたのをきっかけに、哲史は、その肩を抱き寄せた。沙織も軽く哲史に体を預けるようにして二人は歩いた。
沙織が歌を口ずさみ始めた。
「生まれてくれてありがとう
初霜下りた明け方近く
きみはでっかい産声上げた
きみがいるからやさしくなれる……」

それは、沙織の好きな「ありがとう、きみへ」という歌だった。駅前での宣伝の時も歌われていたが、不思議と今の気持ちにぴったりたりする。

哲史も軽く合わせた。

「生まれてくれてありがとう
蝉のしぐれが降る昼下がり
きみは初めて自分で立った
きみと一緒に成長したい」

自分たちと語る時の中島先生の笑顔、教え子を見守る父の弾んだ様子。保育に情熱を賭ける沙織。教え子の成長は、そのまま喜びであり生きがいなのだ。いつか自分もそう思えるようになりたい。

哲史も一緒に歌いながら歩いた。

「生まれてくれてありがとう
白木蓮が今年も咲いて
きみの背丈はぼくらを越えた
きみはもうじき一人で歩く」

いろいろな思いがこみ上げた。もう、自立した大人だと思いながらも、周りに支えられている自分がいる。きっとこれから沙織に支えられるだろう。でも、自分が彼女を支えることもある。きっとある。そして子どもを育て、親を支え、この街で生きていく。

「生まれてくれてありがとう
時代の風は吹きつのるけど
きみは笑顔を残して行った
きみを待ってる仲間のもとへ」

沙織の家がすぐそこまで来ていた。

3　明日も笑顔で

1

八時を回った。娘の奈津美に絵本を読み聞かせていた光橋若葉は、ようやく寝ついたのを見届け、ダイニングテーブルでノートパソコンに向かって、会社から持ち帰った校正の仕事を始めた。

少し目がチカチカする。集中しなければと思いながら、昼間の疲れでいつしかウトウトしていた若葉は、がくんと頭を机に打ちつけかけて、はっと目を覚ました。これではダメだ。シャワーでも浴びようと立ち上がった時、夫の健吾が帰ってきた。

「ただいま」

「お帰り、ご飯は」

「食べてきた」

「そう」

相変わらずの会話だ。

健吾は、奈津美の傍らに行き、がっかりしたようにつぶやいた。

「何や、もう寝てんのか」

「当たり前やろ。何時や思ってんの」

若葉の言葉で時計を見上げた健吾は、「もうこんな時間か」とつぶやき、ダイニングテーブルのお茶を飲んだ。

「なあ、お茶漬けちょっとだけもらうわ。あ、自分でする」

健吾なりに遠慮しているのだ。

「私がするから、シャワー浴びてきたら。めっちゃ汗臭い」

健吾は軽くシャツをつまんで臭いを確かめ、浴室へ行った。若葉は湯沸かし器に水を入れ、お茶を沸かす。健吾はワサビのたっぷり入ったお茶漬けが好きだ。かなり入れても平気で食べている。

健吾のスマホが鳴った。義母からだ。

「お義母さん、若葉です。健吾さん、今お風呂に入ってます」

義母からの電話は、奈津美ちゃん元気にしてるか、と言うだけで、特に用事はなかった。義父もよく電話してくる。二人とも、毎日でも奈津美の顔が見たいのだ。奈津美の通っている中河内市立H保育所がやがて閉鎖されようとしていることも心配の種になっているようだ。

若葉は、小さな印刷会社に勤めている。高校の同級生だった夫は、中くらいの電機メーカーに勤務している。あまり仕事熱心ではないが、間違いなく子煩悩だ。三年前、奈津美が生まれた時、何度も「生まれてくれてありがとう」とくり返し、涙ぐんでいた。そんな健吾を見て若葉もうれしかった。

　高校時代からラグビーをやっていた健吾は、大学でもラグビーを続け、就職してからはしばらく遠ざかっていたが、今は、地域のラグビーチームに入り、夢中になっている。

　お茶漬けを食べている健吾の傍らで若葉がコーヒーを淹れる用意をしていると、健吾はビールまだあるかと言い出した。

「もう飲んできたんやろ」

「ちょっとだけ、付き合いや」

「いつもそれやね。練習の後の一杯は堪えられんて言うんやろ」

「うん」

「もう百回くらい聞いたわ」

　いつも通りのやり取りの後、健吾もコーヒーを飲むことになり、二人は向かい合って座った。黙ってコーヒーを飲んでいる健吾に、若葉は、少し口調を改めて問いかけた。

「なあ、日曜日の父母会、一緒に出てくれへん。大事な会になるし」

「何時からや」

「二時から」

　健吾はちょっと考えてから、言いにくそうに答えた。

「午前中に負けたら行けるけど、まあ、期待せんといてくれ」

「どっちに」

わかっていて尋ねてみた。

「負ける方に決まってるやろ」

「そんなに強いん」

「当たり前や。光橋五郎丸がついてるんや」

得意げに言う健吾の顔を見て、若葉はあきらめた。この人には今ラグビーのことしか頭にない。

「五郎丸が泣いてるわ。カップ自分で片づけてな」

若葉は再びパソコンに向かった。

コーヒーカップを洗いながら健吾が話しかけてきた。

「おれも協力せんとは言うてないで。保育所存続署名かて集めてきたし」

「ありがとう。五筆も集めてくれて」

「六人やで」

若葉は苦笑した。たかが六筆がなんだというのだ。

「そんなんいっしょやて。な、これ見て。今日私らが駅前で集めた署名。一時間で五八筆やで」

健吾はぐっと黙った。

「今日は土曜日やから、保育所の先生らも一緒に協力してくれたんや」

「ようがんばるなあ」

「負けてられへんもん」

若葉は本気だ。あと二年でゼロ歳児を入れなくなるという市の方針通りになれば、二人目の子どもが生まれても行く先がなくなる。別の保育所に時間をかけて通うなど、とてものことやってられない。もちろん自分だけの問題ではない。

「子どももう一人欲しいんやろ」

「欲しい。次は男がええ」

「だからがんばらなあかんやん」

健吾は眼をしょぼつかせた。

「わかるけど、見通しないで。決めたことを変えるような市役所と違う」

「だからあきらめるの」

「国全体の流れやからな。何を決める時でも、不満な人はあるけど、結局はその方向で進んで行くことになるんや」

健吾はいつもこの調子だ。義母たちも同様で、反対しても無駄。家の近くに引っ越してこいなどと言う。だが、若葉は納得できない。

少なくとも、納得のいく説明を聞かなければ引き下がれない。説明会と称して市が開いた会も、まったくひどいものだった。思い出しても腹が立ってくる内容だった。

2

説明会が開かれたのは二ヵ月ほど前、二〇一五年五月の半ばだった。真剣な表情で聞き入るH保育所父母会の人たちを前に、野島と言う市職員の説明は淡々と事務的な口調で続いた。

「国の方針に基づいて作られる認定子ども園は、幼稚園と保育所の良いところを併せ持つ施設でございまして、親の就労などの状況に関係なく、すべての子どもに教育と保育を保障するものでございます。一日の流れは、このようになっております」

職員はボードの図を差しながら説明を続けた。

「七時から九時までが早出保育、九時から十四時までが教育標準時間でございまして、それ以後十五時までは預かり保育、十八時までが居残り保育、十九時までが延長保育でございます」

区切りのついたところで、待ちかねたように質問の手が上がった。

「それで待機児童は解消されるんですか。必ず入れるんですか」

「はい、民間による認定子ども園や小規模保育施設の整備を加速化しまして、平成三十一年度末には待機児童がゼロとなります」

「うちは今の保育所がいいんですけど、なんで再編整備するんですか」

「現在ある各保育所も老朽化しておりまして、新しく整備をする必要があります。と、同時に、市としましては、幼稚園と保育所の機能を併せ持つ認定子ども園の整備を進めてまいります」

この辺りは自信ありげな答弁だった。父母会の会長を務める吉沢が立ち上がった。

「なんでそんなに認定子ども園にこだわるのかわかりません。お金もかかるんでしょう。今の保育所をなくさんと整備していったらよろしいやん」

穏やかな口調の質問だったが、野島は冷たく答えた。

「市としましては、再編整備計画の撤回はございません」

それでは説明になっていない。問題はなぜ保育所と幼稚園を統合して認定子ども園にする必要があるのかということだ。これまでも、そのことはほとんど説明されていない。国の方針だからと言うだけでは納得いかない。

父母からの発言が相次いだ。

「今まで歩いて保育所に連れて行けたのに、どうなるんですか」

「私のいとこ、金丘保育所やけど、踏切越えて、二キロも離れた子ども園に行かなあかん、もう仕事続けられへん、家変わらなあかん言うて、困ってます。それって、全部自己責任ですか」

野島は平然と答弁した。

「より良い保育のために、ご協力をお願いする次第です」

会場からはざわめきが起こった。若葉は挙手すると同時に立ち上がった。

「私、認定子ども園で、保育がよくなるよくなると言われるけど、本当によくなるのかどうかわかりません。どうしてよくなるのか説明してください」

「幼稚園の良いところと保育所の良いところが合わさるということでございます」

「だから具体的に言ってください。どうよくなるのか」

「保護者のみなさんによかったと言ってもらえるように努力してまいります」

まったく答えになっていない。故意にはぐらかしているのか。それとも答弁不能なのか。

会場からは怒りの声が飛んだ。若葉はぐっと気を静めて問いかけた
「私、居残り保育してもらわなやっていけませんけど、二時に帰るお子さんもいるわけですよね。早く帰る子をうらやましく思ったり、逆にもっといっしょに遊びたいと思う子もいたり、保育士さんも困りはると思いますけど、そんなことはどう考えたらいいんですか」

「ご意見としてうかがっておきます」

「今答えてください」

「ご意見があったと上司に伝えます」

会場は騒然となった。若葉の隣に座っていた園児の祖母らしい女性がたまりかねたように、手を上げた。

「障がいのある子、今まで通り入所できるの。アレルギーのある子は」

「保育の質や内容は豊富化を図りますので問題ありません」

「もっとはっきり答えてや」

野島は時計に目をやり、軽く手を上げた。

「承っておきます。予定した時間になりましたので、これで終わらせていただきます。ご協力ありがとうございました」

深々と礼をした野島に。若葉は怒りの声を浴びせた。

「なんも答えてないやんか！」

それは明らかに会場全員の思いだった。

3

この説明会から、若葉は真剣に保育所の問題と向き合い出した。父母会としてもこれまで以上に反対運動に取り組むことになり、駅頭やスーパー前での署名活動や、地元議員への申し入れなどを進めてきたが、若葉はいつの間にかその中心的な存在となり、パソコンに強いということもあって、ニュースの作成なども引き受けていた。健吾はそんな若葉に、批判がましいことは言わなかったが、あまり協力的ではなかった。若葉はそれが歯がゆかったが、健吾と正面切って言い争う気持ちにはなれなかった。

そんな健吾は時どきぽつりと気になることを言う。

「認定子ども園になったら、意外と保育がようなったりするんとちがうか」

「そんなことあるわけないやん」

そう言いかえしては見たものの、きちんと理論的には説得できなかった。自分もよくわからないまま、運動しているのだと思うと悔しかった。


父母会の翌週の木曜日は定例の役員会だった。いつもは奈津美を連れての参加となるのだが、珍しく早く帰った健吾に預けることができたので、若葉は、作り置きのカレーで手早く夕食を済ませ、七時過ぎに保育所に駆け付けた。役員会は七時半からだが、レジュメや資料の準備をしておかなくてはならない。その手の仕事も大抵若葉の役目となっている。

保育所に行くと、相次いで子どものお迎えに来るママたちと出会った。みんなぎりぎりまで働いているのだ。一人、二人と子どもたちが帰って行き、最後に残っていた子は奈津美とも仲良しの江村沙紀ちゃんだった。

「沙紀ちゃん、もうすぐママがお迎えに来るからね。絵本でも読んで待っとこか」

保育士の笠原が、沙紀をあやしていると、ようやくママが駆け込んできた。

「ママー」

「沙紀ちゃん、ごめんな、おそなって」

ママは沙紀を抱き上げた。

「先生、すみません。こんな時間まで待っていただいて」

「いえ、そんな。気にせんといてください。お仕事大変ですね」

笠原は三十代半ばのベテラン保育士で、保育所のリーダー的存在だ。保護者にも信頼されている。

「今日はうれしいことがあったんですよ。沙紀ちゃんが一人で靴を履けるようになりました。沙紀ちゃん、がんばったね」

笠原は、沙紀の顔を両手ではさんだ。

「ほんまですか。よかったね沙紀ちゃん。先生、ありがとうございます」

ママも顔をほころばせて沙紀の頭を撫でた。

「沙紀ちゃん、毎日頑張ってたんですよ。けど、なかなか思うようにできへんもんやからイライラしてましたけど、ほんとうれしいです。私ら、子どもの成長が一番の喜びですから」

笠原の言葉に、ママはちょっと目を潤ませた。

「親以上ですね……私ら気づかんことばっかしやのに」

「とんでもないです。私らは、保護者のみなさんの子育てを応援しているだけです」

二人のやり取りを聞きながら、若葉は改めて思った。認定子ども園になったら、こんな風に保護者と保育士が細やかに心を通わす保育が続いて行くのだろうか。やはりこの保育所を守りたい。何としても守りたい。

沙紀親子が帰った後、若葉は笠原に聞いてみた。

「先生。うちの夫は、認定子ども園になったら、保育がよくなるんと違うかとか言い出すんですけど、ほんとにそうですか」

「市はそう言いますね。私らもいろいろ学習会してるんですけど、不安な点が多いです」

笠原は、市の職員組合保育所支部の役員もしている。そこでの学習会のレジュメを見せながら話してくれた。

「まず、ゼロ歳の赤ちゃんから就学前の子どもが同じ園で過ごすことで、いろいろ細かい配慮ができるかどうかが問題なんです」

「はい」

「今の中河内市の保育所では、赤ちゃんと幼児は別々の部屋です。ゼロ歳児から二歳児ぐらいまでは、大変手もかかるし、よく泣きます。三歳児ぐらいになるといろいろな行事ができるんですけど、そんなこと一つとってみても、配慮されているとは思えませんし」

「そうなんや」

「結局効率化のために、子どもの成長は置きざりにされているとしか思えないんです」

「ですよね」

笠原は、ちょっと考えてから笑顔で言った。

「夫さんも今度懇談会や父母会に来てくださるといいですね」

まったくそうなのだが、なかなか思い通りにはいかない。ちょっと黙ってしまった若葉に、笠原はあわてて付け足した。

「あ、すいません、出過ぎたこと言いました」

「いえ、うちのお父さんは、ラグビーに夢中やから……子どもはけっこうかわいがってくれるんですけど」

「そうですか。それはそれでよろしいやん」

「はい。ありがとうございます」

若葉は笑顔でうなずいた。

4

その週末は、若葉の高校時代からの親友で、お隣のY市に住んでいる大杉香苗の誕生日だった。

香苗は、若葉より二年早く結婚し、病院勤務を続けながら、双子の子育てにがんばっている。製薬会社に勤めている夫の陽介も高校時代の同級生で、健吾とも飲み友だちだ。つまりは四人揃ってクラスメートなのだが、家族ぐるみと言うよりは、男同士、女同士のつきあいが多い。それぞれ夫婦間の愚痴や、時にのろけを言い合う場になっているようだ。そんなわけで、若葉は手作りのケーキを携えて、子連れで誕生日祝いに訪れたのだが、珍しく陽介も家にいて、三人で話が盛り上がった。

若葉と香苗は、今や友だちと言うよりは共通の目的を持つ同志だった。というのも、香苗の住むY市でも、中河内市同様、認定子ども園の話が持ち上がっており、双子ちゃん達が通う保育所がつぶされそうになっているのだ。Y市では五つの認定子ども園のうち、一つは自衛隊基地のあるY空港の横に作るということも大きな問題になっている。

香苗は、保育所つぶしに反対するY市パパママの会に加わり、署名や運動資金集めのバザーに取り組んでいる。Y市内の大きな集会でも司会を務めるほどの活躍だ。陽介もそれなりに協力しているとのことで、若葉はうらやましかった。

香苗手作りの昼食後、子ども達にお昼寝をさせ、三人はビールを飲みながら、しきりと行政への怒りをぶつけあった。

「ウチの説明会なんかひどかったよ。まともなことなんも答えんと、伝えておきますの一点張りや」

「ウチもそう。いっしょやね」

「あんたとこもそうなん。結局市民の声を聞く気がないんやね」

若葉はつくづく思った。一体誰の為の政治なのだろう。高校で学習した憲法はどうなっているのだろう。それもこれも無関心な人が多いからなのか。いや、忙しすぎて、他人のことまでかまっていられないような社会に成ってしまったのだろうか。

若葉がそんなことを口にすると、陽介がぽつんと言い出した。

「おれも、若葉ちゃんの言う無関心な一人やったんやけどな。おふくろにえらい怒られてな」

陽介の母は元中学校の教員で、退職後も、平和運動や教科書問題などに取り組んでいる。

冗談をよく飛ばす、気さくで優しい人だ。

「保育所なくなったらな、うちの保護者は、毎日二キロも行かなあかん。やってられん言うて怒ってるけど、まあ、言うても家はもうちょっとで小学校やからな。関係なくなるやんかと言うたら、むっちゃ怒られたんや」

「すごかったね、あの時」

香苗が笑いながら話を引き取った。

「うちの子さえよかったらそれでいいの。子どもは私らの希望なんやで。子どものために大人は、できることは何でもせなあかんのや。あんたもそうやって大きくなったんやで」

「泣きながら言い寄るんや。しゃあないやろ。協力せな」

そうだったのか。なんてすばらしいお母さんだろう。

「それで陽介君もがんばってるんや」

「がんばってるがな、もう。バザーも署名集めもなんでもやってるで」

陽介はまんざらでもなさそうだ。香苗と一緒にがんばって、家族の応援も得ている。充実感があるのだろう。

「健吾も見習ってほしいわ」

若葉がぽつんとつぶやくと、陽介がすかさず言い出した。

「オレな、こないだ健吾と飲んだ時、説教してやったんやで」

「ええ、どういうこと」

「保育所つぶしの話するつもりで、がんばってるかと聞いたら、負けてばっかりやいうから、なんやそれいうたら、ラグビーの話や。お前なあ、ちっとは若葉ちゃん喜ばせたれやって言うたんや」

陽介は、保育所問題での自分のがんばりを話し、今は若葉を助けることがおまえの一番大事なことや。お前ら夫婦の将来のためにも、今が大事なんやと話してくれたという。

「どうだった、健吾」

「まあまあまじめに聞いて考え込んでた。若葉ちゃんのために言うのが堪えたみたいや」

「ほんまに。ありがとう、陽介君」

「この人、ほんまは私より若葉が好きやったんやで」

少し酔ったのか、突然香苗がとんでもないことを言い出した。

「何しょうもないこと言うてんねん」

「自分で言うてたやないの。おれは若葉が好きやったて」

若葉はどう言っていいかわからなかったが、この場限りの冗談で済ませておかないと、友だち関係にひびが入ると思った。

「私は健吾一筋やったもん。そんなん言うても無駄や」

香苗もすぐ応じた。

「わかってるって。私も陽介一筋や」

幸いこの話はそこで終わり、三人は再び保育所を守る運動の話に集中していった。

5

「署名お願いします。保育所つぶさんといてください。中河内市は、私たちの子どもが毎日喜んで通っている保育所をなくそうとしています。署名にご協力ください。お願いします！お願いします！」

地域のスーパー前では、若葉の懸命な訴えが続く。今日は火曜日で、特売の日なので、いつもより人通りが多い。「保育所つぶさんといて」と子どもが泣いているイラスト入りの手作りプラスターもできたので、立ち止まって見てくれる人も増えてきた。

父母の会の人たちは、買い物客が出入りで自転車を止めた時にすばやく立ち寄って訴える。書いてくれる人も結構いるが、中には関係ないと言って通り過ぎる人もいる。だが、それにひるんではいられない。

「あんたらいつもがんばってはりますなあ」

署名活動を始めて三十分位経った頃、若葉の傍をそう言いながら通り過ぎようとした初老の男性がいた。

「ありがとうございます」

若葉はマイクの訴えを止め、男性に話しかけた。

「ありがとうございます。署名はもうしていただいたでしょうか」

男性はちょっと間をおいて答えた。

「しましょか」

若葉の隣にいた吉沢の署名板にすらすらと名前を書いたのを見て、若葉は思わず口にした。

「ありがとうございました。あの、ご家族もお願いできますやろか」

「それは本人が決めることやからな。やめときます」

その通りだ。まずいことを言ったと若葉は反省した。

「すみません。おっしゃる通りです」

うなずいて男性が立ち去ろうとした時、署名を見た吉沢が声をかけた。

「あの……大垣さんて、会長さん……」

「はい、Ｈ地区の自治会長やらしてもろてます」

署名を集めていた父母の会のメンバーが一斉に注目した。吉沢は丁寧にあいさつした。

「ありがとうございます！　会長さんが理解示してくれはって、ほんまにありがとうございます」

大垣は、一人一人に会釈し、ゆっくりと話した。

「いやいや、私も、これに関しては市のやり方まちごうてると思ってます。市民の意見をよう聞いてやってもらわな」

口々にお礼を言うみんなに、大垣は笑顔でうなずいていたが、軽く手を上げて制した。

「けど、あんたら、今のままでは市は変わりませんで。よっぽどのことがないと」

若葉はちょっと緊張を覚えた。

「署名持って、一軒一軒行きなはれ。ここで何ぼ署名集めても数は知れてますやろ」

「一軒一軒……ですか」

「市民の家、全部回るくらいのことせんとあきまへんで。まあ、いろいろな人おるやろけど、自治会でも、署名紹介するくらいのことはさせてもらいます。書く書かんは個人の自由やけどな」

すごい。自治会長が応援してくれるのだ。まちがいなく運動が大きく広がる。

「ほな、署名用紙、なんぼか預かりましょか」

大垣は、署名用紙を受け取り、みんながしきりにお礼を言う中、足早に去って行った。

大垣が去るのを見送って、一同は興奮気味にしゃべった。

「自治会長があんなん言うてくれるて、信じられへんわ。自治会言うたら、だいたい市政に協力してるやろ」

「それでも今度のことはひどすぎると思うてくれてるんや」

「全戸訪問、考えなあかんね」

吉沢の言葉に、ちょっとみんなは考え込んだ。

「ほんまにできる……そこまで」

吉沢はうなずいて言った。

「自治会長さんも反対するいうことは、ほとんどの市民が反対してくれるいうことと違うか」

そうかもしれない。だが、やはり、全戸訪問などということは、時間もかかるし、なみなみならぬ決意がいる。

みんながまた活発にしゃべりだした。

「けど、署名するかどうかはまた違うで。個人情報は絶対いややいう人もおる」

「そらそうやね。関係ない言う人もいっぱいいてるし」

「つながりのある人は書いてくれるけど、突然来られてもなかなか書いてくれへんよ。というか、戸開けてくれへんわ」

「わかるわ」

若葉は思い切って言った。

「けど、できることはやっぱりやろ。後になって後悔せんでええようにしよう」

みんなが考え込んだ時、突然雷鳴とともに猛烈な雨が降ってきた。まるでゲリラ豪雨だ。

「ともかく、父母会で話し合いましょう。今日はおしまい。お疲れ様」

吉沢の言葉と同時に、みんなはスーパーへと逃げ込んだ。若葉もマイクを濡らすまいと懸命に抱きかかえて走った。

その夜、若葉は、父母の会のニュースに、署名活動の出来事を書いていたが、いつの間にかうとうとしてしまった。かすかに健吾の声が聞こえ、そのまま抱きかかえられるようにして、布団に横たわった。「若葉、なんでそんなにがんばるんや」と言う声を聞いたような気がしたのだが、そのまま深い眠りに落ちていた。

6

それから、若葉たちの署名活動は、半年にわたって粘り強く続けられた。地域への全戸訪問も少しずつ進んで行った。しかし、市は方針を変えることなく、議会での野党議員の追及にもまともに答えようとはしない。なかなか先行きが見えない運動だったが、不思議と気持ちが暗くなることはなかった。親として子どものためにがんばるのは当たり前だと言う思いが、父母たちを支えていた。保育士たちとの絆もますます強くなっていった。地域で応援してくれる人たちの輪も広がりつつあった。

各地域の父母の会は、市の職員組合などとも連携して三月初めの日曜日に市内の中心にある公園で大きな集会を持つことになった。若葉たちも子どもたちを連れて集会へと向かった。健吾は今日もラグビーの試合に出かけているが、若葉はもう割り切っていた。

少し遅れて会場に着くと、公園の野外ステージには「三・六保育所なくさんといて！レッドカード」と書かれた横断幕が掲げられていた。次第に人が集まってくる。子どもたちもたくさんいる。主催者を代表して、K保育所父母会会長のあいさつが始まった。

「みなさん、今、それぞれの地域では、ぼくたちの通う場所をつぶさんといて。これでは安心して子どもを産み育てられないという声が上がっています。なぜそんなに急いで保育所をなくすのという声にも、全く耳を貸そうとせず、各地域で開かれた説明会でも、たくさんの質問にまともに答えることはできませんでした。お集まりのみなさん。私たち父母や市民の怒りの声をぶつけましょう。レッドカードを中河内市に突き付けましょう」

大きな拍手と「そうだ」の声が湧き上がる。

経過報告、各保育所父母会からのスピーチと続いた後、子どもたちが登場した。

「保育所があるときー」

司会者が叫ぶと、子どもたちがわあっと喜ぶ。「ないとき～」と言うとがっかりしてしゃがみこむ。大阪で有名な豚饅頭のＣＭのパロディだ。会場の参加者も笑いながら一緒に反応する。

子どもたちが拍手の中を退場した後、何と香苗一家がステージに出てきた。

「今日の集会には、同じようにたたかっているお隣のＹ市からも、連帯して来られていますのでご紹介します。大杉さんご一家です。どうぞ」

若葉は「香苗！」と叫んで手を振った。

「知ってるの」

傍らにいた吉沢に聞かれ「うん、四人とも一緒の高校やったんや、うちの夫も」と答えた若葉は、つい愚痴が出た。

「香苗がうらやましいわ。おんなじ亭主でも陽介君はめっちゃ協力的やけど、うちはラグビーしかできんアホや」

「誰がアホやて」

驚いて振り向くと、なんとそこに健吾が立っていた。

「お父ちゃん」

「おう」と奈津美を抱き上げた健吾はにやりと笑った。

「ああ、びっくりした。試合は」

「休ませてもろた……というか、しばらく休部や」

「ええ？　ほんまに……」

「保育所守るためや。五郎丸やめて奈津美の親に戻るんや。監督も納得してくれた」

若葉は、驚きのあまり言葉を失った。

いつの間に、この人がそんな決心をしたのだ。

「うれしいわ。けどなんで。どうしたん」

「ま、いろいろ考えてな」


陽介の言葉が響いたのだろうか。それとも、他にも何かあったのだろうか。何も変わらずラグビーを続けていたように見える健介の中に、若葉の気づかない葛藤があったに違いない。

健吾はそれ以上何も言わなかった。若葉も、黙って喜びをかみしめた。あの晩、自分を抱きかかえてくれた健吾の声が聞こえた。

「なんでそんなにがんばるんや」

あの時の声は温かかった。


香苗のスピーチはしめくくりを迎えていた。

「Y市の認定子ども園は、ここ数年間に何回も事故の起きためっちゃ危険なY空港、自衛隊基地の傍に建設されようとしています。騒音もひどいです。そんな所へ子ども園作るて絶対許せません。私たちは二万筆以上の署名を積み上げましたが、さらにがんばります。ご一緒にがんばりましょう！」

ステージを降りた香苗一家は、まっすぐに若葉たちのところへやってきた。四人はそれぞれ笑顔であいさつを交わす。陽介が軽く健吾の腹にパンチを入れた。健吾も負けずにパンチを返す。男たちがじゃれ合っているのを見て、若葉と香苗はVサインしてうなずきあった。

集会もこれで終了する。これから市内をパレードだ。

「それではパレードに移ります。最後まで、元気よく行きましょう。コースはお配りしてある通りです……」

若葉と健吾は奈津美と手をつないで歩いた。幸せな気持ちでいっぱいだった。これから三人一緒に、心を一つにして進んで行けるのだ。

集結地点の公園まではあっという間だった。

主催者たちが出迎えている。その中に幟を持った笠原がいた。

「お疲れ様でした。奈津美ちゃん、ようがんばって歩いたね。えらかったね」

「笠原センセ」

奈津美は笠原を見てうれしそうに笑った。

「奈津美ちゃん、明日もいいお顔で来てね」

「うん」

健吾のことも話したかった。喜んでもらいたかった。だが笠原には次々と声をかけるママたちがいる。

明日も笑顔でがんばろう。ぐっと力を込めて奈津美を抱き上げた若葉の心は弾んでいた。

4　子ども共に生きる街

1

職員室の自席でパソコンに向かっていた山村信治は、手を止めて、肩をぐるぐると前後に回した。肩甲骨の下がじんじんと痛い。頭もどんよりと重い。二学期になってから、土、日も出勤して休みなしの日々が続いているせいか、だいぶ疲れがたまってきたようだ。

山村は、このK小学校に来て三年目になる。

K小学校は、一年前から中河内市が始めた、小中一貫校のモデル校となり、学校ぐるみで何かと多忙な日が続いているのだ。

まだ三一歳なのだが、今年から五年の学年主任に加えて生活指導部長を担当することになった。自分はそれなりに評価されているという思いが、励みとなってがんばり続けている。

校長席の後ろの時計は六時を少し回ったところだ。まだ提出書類は完成に程遠いから、今日も学校を出るのは九時過ぎになるだろう。

左隣の席では同じ五年担任の三崎香奈枝が、子どものノートを見ている。いつもはもう退勤する時刻だ。

「三崎先生。もうお迎えに行く時間やで」

山村が軽く声をかけると、三崎は驚いたように時計を見た。

「あ、ほんまや。すみません」

三崎は急いで机の上を片付け、ノート類を抱えこんだ。少し髪が乱れている。

「お先に失礼します」

「お疲れ様。帰って子どもの世話して、仕事して……たいへんやなあ」

三崎の背中に言うともなしにそうつぶやくと、山村は、またパソコンに向かった。

三崎は二つ年下の二九歳だ。二歳児の双子がいるので子育てが大変だと聞いている。保育所のお迎えは夫に頼む時もあるようだが、ほとんどの日は自分でこなさなくてはならない。仕事もずいぶん持ち帰っていて、睡眠不足が続いているのではないかと思われる。

山村は四歳の時に、父親が胃がんで亡くなり、一つ年下の妹ともども、母親の女手一つで育てられた。市役所の職員として忙しく働きながら、自分たちを懸命に育ててくれた母親のおかげで、何とか大学を出て教員になれた。妹は結婚して大阪市内で暮らしている。

あわただしく帰ってきては、食事を作り、こまごまと自分たちの面倒を見てくれた母親の姿が、何となく三崎と重なるのだ。

忙しいとはいえ、いまだに何もかも母親の世話になっているおれの方が、彼女よりもましか、などと思いながら、再びパソコンに向かったとき、中田教頭が近づいてきた。

「山村先生。ちょっと話があるんや」

「あ、はい」

立ち上がろうとした山村を、教頭は軽く手で制して「ここでええわ」と言いながら三崎の席に座った。

「来年度の卒業式な。卒業生全員、中学校の制服着てもらうことになったんや」

「え、どういうことですか」

教頭の言葉に、山村は驚いた。小学校の卒業式で、なぜ中学校の制服を着るのか。

「言うた通りのことや。それを保護者にきちんと伝えといてほしい」

いつもぶっきらぼうな物言いの教頭は、そう言い捨てて立ち上がろうとした。

「待ってください。そんなこと学年に任されても困ります。まだ、二学期の途中ですし、来年度の人事も決まってないし」

六年生になってから、と言いかけた山村を教頭が遮った。

「話し合うて、何を話し合うんや」

「親の意見は聞かへんのですか」

教頭は少し口元をゆがめて笑った。

「聞くようなことと違うやろ。中学校の制服について、ええとかいやとか、意見聞かなあかんことやないやろ」

山村はとっさに言葉が出なかった。それは無茶だと思うが、この人にどう言っていいかわからないのだ。

「小中一貫・義務教育学校のモデル校としてやな。中一ギャップの解消のためにも、早いこと中学校の制服になじんで、決意を新たに卒業させよう言うことや」

教頭は口調を和らげて、教えさとすようにしゃべった。

「私学へ行く子はどうなるんですか。一回だけ着るんですか」

「そうなるな」

「制服代っていくらかかるんですか」

「まあ、五、六万いうとこやろな」

「それは困るて言われたらどうするんですか」

教頭は、また冷たい笑いを浮かべた。

「まあ、はみ出す子がおってもしゃあないやろな。けど、そんなことぐらいで文句言う親は浮かしてもうたらええのや」

「そんな……」

余りの言葉に、二の句が告げなかった。

「早よ言うといたらんと、晴れ着やら袴やら買うたりして無駄になるからな」

「はあ」

「うちは義務教育学校やということを忘れたらアカンで。他所とは違うんや」

もはや、何を言っても無駄だと思った。

「はい」

山村が再びパソコンに向かいかけると、教頭は座りなおして、また驚くことを言い出した。

「それからな、山村君。三崎先生、近頃ちょっと早よ帰り過ぎやな」

「ええ？」

「育児時間はわかってるで。けどな、小中連携すすめるために、他の職員は八時九時まで残って仕事してるんやからな。白い目で見られるで」

そんなことがあるのか。誰が白い目で見ているというのだ。

「けど、三崎先生は、保育所のお迎え時間がありますから」。

「半休もよう取ってるで」

口調がまた強くなった。それは権利ではないのかと思ったが、言葉に出すのははばかられた。言うべきかどうかためらっていると教頭の方から言い出した。

「組合はすぐ権利権利言うけど、旦那さんにもちっとは助けてもらわなあかんで。女の人とはいえ、一緒の給料もらってるんやから」

教頭はそう言い捨てて去って行った。山村は、いつになく不愉快な思いで、教頭を見送った。もう仕事を続ける気持ちが失せていた。

2

次の日の放課後は、学年打ち合わせ会だった。山村の教室で、山村と三崎は机を挟んで話し合った。子どもたちの様子や、来週の行事予定を確認し、一区切りついたところで、三崎が立ち上がった。

「コーヒー淹れましょ」

ポットの湯をドリップコーヒーに注ぐ。芳醇な香りが教室に漂った。山村はブラックだが、三崎はクリープを少し入れて飲む。

「美味しい」

三崎はぎゅっと目をつぶって美味しそうに飲んでいる。ほっとするひと時、ここで一服吸いたいところだが、学校は禁煙だ。

「それで、どうするんですか。保護者には」

昨日の教頭の話だ。今朝、前段だけ伝えてある。

「困ってるんや。学年ではできませんて言いたいけど」

「それでいけます?」

拒否はできないだろう。無視していたらせっつかれるに違いない。

「親からいろんな意見が出るやろ。卒業式には、絶対袴はかせたいとかいう人もいるやろし。ぼくらが答えきれる問題と違う」

「そうですね」

三崎もうなずく。

しばらく考えていた山村は、つぶやくように口にした。

「ぼくな。この頃わからんようになってきたんや」

「はい？」

「小中一貫校て、ほんまに子どもたちのためになるのかどうか」

それはだんだん山村の中で膨れ上がってきた疑問だった。ただ、学年主任として、三崎にそんなことを言うのがはばかられていたのだ。

三崎は、ちょっと考えてから喋りだした。

「私は賛成でした。中一ギャップをなくすと言うのはええことやと思うし。初めて卒業させた子の中には、中学校へ行って不登校になった子もいてたし」

それは山村も同感だった。意義を認め、積極的に賛成していたからこそ、今日まで教頭の言葉にも従ってきたのだ。しかし、今はそうとばかり言えなくなってきたのだ。

「ぼくも反対ではなかった。九年間を見通した教育て、ええことかなと思った。けど、疑問が多すぎる」

山村は、この間ずっと心にたまっていたことを、全部吐き出したくなった。

「中学校がやってるから言うて、日曜日にマラソン大会もやらなあかんようになったし、クラブも一緒にやれ言うし、何もかもトップダウンで来るやろ」

三崎は小さくうなずいた。

「そうですね。……定期テストもやるいうてるし」

「それもあるな」

なぜこうなるのか。結局、小学生のうちから、中学校と一緒のように規律正しい行動ができるようにするというのが狙いのようだ。しかし、それが小学生にとって、本当に必要なことなのだろうか。

山村がそう言うと、三崎は考え込んだ。

「まあ、プラス面もあるとは思うけど、ちょっと、私も引っかかってます。中学校の先生はどう思てはるんかな」

それは山村も知りたいことだった。

「どうかな。いっぺん大垣いう友だちに聞いてみよか。しばらく会ってないしな」

「そうですか」と応じた時、三崎のスマホが鳴った。

「すみません」

三崎は立ち上がった。

「はい、私。……あ、そう。明日の晩、何時から……ああ、それやったら行ける。……保育所やね。はいはーい」

軽やかな口調で話す三崎の横顔は、いつもよりも生き生きして見えた。

「なんか、この頃忙しそうやね」

「すいません。いつもはよ帰ってばかりで」

頭を下げる三崎に、手を振って否定した。自分は「白い目」でなんか見ていない。

「そんなこと、気にすんなよ。子育てで大変なんわかってるよ。双子ちゃんやろ」

「はい」

「保育所、元気に行ってる」

「はい。すごくいい保育所で、先生もやさしいし、お迎えが遅れても、ちゃんと待っていてくれます」

三崎は心から感謝しているようだ。

「けど、あと二年か三年でなくなるかも」

「え、どういうこと」

「再来年ぐらいからゼロ歳児が募集停止になるらしいです。保育所を閉鎖して、認定子ども園に統合するいうて」

認定子ども園のことは一応知っている。保育所と幼稚園を合体させた施設らしい。

「それで、どういうメリットがあるの」

「わかりません。保育所と幼稚園の子が、一年生になった時のギャップをなくすそうです」

小中一貫校とよく似ていると山村は思った。

「そういう流れなんかな。学校も保育所も」

三崎はうなずいた。

「はい。幼稚園と保育所のいいところを兼ね備えた子ども園にする言うてるんですけど、ほんとにそうなるかどうかようわかりません。そんなことより、私らは、身近なところに保育所があってほしいんです」

学校にしろ病院にしろ、少しでも身近な所にあってほしいという声は当然ある。まして保育所ならなおさらだろう。

「なくなったら、困るんやろ」

「二キロも通うのが大変です。今でも学校に迷惑かけてるのに」

それは大変だ。今でも時間ぎりぎりに出勤しているのに、追い打ちをかけられる。

「そんな苦労があったんや。ごめんな。なんもわかってなかった」

「いいえ、そんな。先生には迷惑ばっかりかけてます」

「反対運動とか、やってるの」

「はい」

それから三崎は、保育所存続の運動について話し始めた。このままではいけないと思って、協力し始めたのだという。土、日には署名活動もやっているという。

「すごいなあ。がんばってるんやなあ」

「私は大したことないけど、父母会の人たちは、みんなすごいです。廃止になる四つの保育所で七万筆署名集めたんですけど、なかなか撤回させられなくて……」

七万も集めるとはすごい。しかし、市は方針通りやるというのだ。なぜだろう。学校も、保育所も、なぜそんなに強引に「改革」しなければならないのだろう。

「諦めたらアカンと、みんなで励まし合ってます。今はチラシのポスティングに力入れてるんです」

「大変やなあ」

思わず言葉が出た。

「夫さんもいっしょにやってるの」

「いえ、あの人は、忙しすぎて……長い物には巻かれろいう人やから」

「そうなんや。一人でがんばってるんや」

三崎はあわてたように付け足した。

「いえ、でも、私のやることにはとやかく言いません。家にいるときは、子守りもしてくれますし」

三崎が辛そうなのがわかる気がした。本当はもっと夫に支えてほしいのだろう。

「ぼくも協力するわ。ちょっとだけやったら署名預かるわ」

「ほんまに！　ありがとうございます。明日持ってきます」

三崎はパッと立ち上がってお辞儀をした。

「ほんまにありがたいです」

心から喜んでいる様子だ。山村はふと不安になった。あまり期待されても困る。

「大したことできんと思うけど」

「協力する言うていただいただけでもうれしいです」

三崎は、笑顔でそう答えた。

話はそこまでで終わり、二人は教室を片付けた。三崎は退勤。山村は家庭訪問に行くつもりだった。

3

次の日曜日、山村が目覚めると八時を少し回っていた。昨夜は一一時時過ぎに床に就いたのだが、よほど疲れ切っていたのか、爆睡してしまったようだ。

今日こそはゆっくりしよう。どこかへぶらっと出かけるか。それとも映画でも見に行こうか。そんなことを考えながら、朝食のテーブルに着いた。

「おはようさん」

味噌汁を温めていた母親が声をかけてくれた。いつものように味噌の香りがする。

母は医療生協の役員をしていて、かなり忙しい。週のうち三日は地域のたまり場に出かけて、河内音頭体操や、ミシンでリメイク、食事会とあれこれ活躍している。忙しいを連発しながら、結構楽しそうだ。

山村は、母の作ってくれた出汁巻き卵をほおばった。

「うまい」

「おいしいやろ。秘密の味やで」

ほうれん草の胡麻和えもうまい。はんぺんのバター醤油焼き、なめこと大根の味噌汁。どれもうまい。ごはんの炊き加減も気に入っているし、母の手料理はいつも最高だ。

ご飯のお代わりを差し出しながら、なぜかふと山村は、クラスの奥村博美のことを思った。

博美は元気な子だったが、二学期になってから急に元気がなくなり、好きだった給食をほとんど食べなくなった。保健室で相談すると拒食症だと言われた。先週から学校も休みがちになっている。

保護者から、体調が悪いのでとかしんどいと言っているので休ませますとか、一応連絡は来るのだが、どうもはっきりしない。家庭訪問して詳しくようすを聞きたいのだが、毎日会議や仕事に追われて、つい行けなかった。

家庭訪問しよう。今日行こう。

山村はそう決めた。

「今日はどんな予定やの」

母がコーヒーを準備しながら尋ねてきた。

「うん、出勤して、家庭訪問行ったりするから、お昼はいい。夕方には帰るよ」

「そうか。私も今日は忙しいから、晩御飯はちょっと遅めにして」

「はい」

「あんたの好きなとろろご飯とあと何にするかな」

「まかすわ」

「カッターシャツ洗っといたから、着替えていきや」

「ありがとさん」

休日のいつもの会話だった。

博美の家は、学校から二百メートルほどの集合住宅三階だ。十時頃に訪ね、ドアホンを押したが応答がない。廊下越しに見える集会所には人の出入りが盛んなようだ。今日は何か地域の行事があるのかもしれない。

出直すことにしようと決めて、山村は学校へ行き、少しだけ仕事をして職場を後にした。昼食を済ませ、映画でも見てからもう一度訪問しようと決めて、F駅前に向かった。

駅前の広場で、誰か宣伝している。山村は近づいて行った。

「ご通行中のみなさん。大阪府教育委員会が、府立柏原東高校と長野北高校を、二〇一九年度から募集停止することを決めました。カシトンと呼ばれて親しまれ、この中河内市からも、たくさんの子どもたちが学んできた柏原東高校を事実上廃校にするということです。他校と統合するのであって廃校ではないと言いますが、なくなることに変わりはありません……」

演説しているのは、高校時代の恩師だった退職教員の吉岡だった。横でピンクのヤッケを着た若い女性が大きな声を出しながらビラを配っている。もしかしたら吉岡の娘かも知れない。家で見かけたことがある。

吉岡は社会科の教師だ。山村がY高校三年生の時の担任だった。日本史を学び、進路についてもずいぶん相談に乗ってもらった。教職に就いたのも、吉岡の影響が大きかった。

大学時代も、時どき家を訪ねたり、同期生といっしょに集まったりしていたが、教員になってからは多忙もあって足が遠のいていた。

「……生徒数が減少しているから仕方がないと言っていますが、全国には定員の半分以下の公立高校も数多くあります。定員割れしたら廃校にするというのは、大阪ぐらいのものです。子どもたちがゆとりを持って学べるのはむしろ望ましいことではありませんか。憲法に保障された子どもの学ぶ権利を奪う高校廃校計画の撤回を強く求めて、この場での訴えとさせていただきます。……」

吉岡の演説が終わると同時に山村は近づいて行った。

「吉岡先生。お久しぶりです」

「おう、信ちゃん。ひさしぶりやな」

吉岡は嬉しそうに手を差し出した。

「先生、相変わらずお元気ですね」

「まあな。だいぶ体力落ちたけどな」

吉岡は、傍らの女性の背中を軽く叩いた。

「娘のさくら。去年から学童の指導員やってるんや。山村信治君。Y校の時の教え子や」

やはり娘だったのか。家で見かけたときはまだ子どもだったが、指導員になっているのか。

山村とさくらは笑顔であいさつを交わし、さくらの求めでハイタッチまでした。

「先生、いつもこうやって宣伝してはるんですか」

「うん、いろいろやってる。教科書の問題もあるし、憲法も守らなあかんし、ほっとかれへんことばっかりやからな」

「すごいですね。親子二人で」

「いや、今日はたまたまや。いつもやっている人たちが忙しくてな。この子に、どや、一緒に来るか、言うたらこうしてついてきてくれたんや」

組合活動家でもあった吉岡は、今もこうして自分の信念を貫いてがんばっているのだ。やはり言行一致の人だ。

「どや、急ぐんやなかったらちょっと家へ寄ってけへんか。君の話も聞きたいし」

「はい、そしたらお邪魔します」

山村は迷わずに答えた。

4

山村はリビングルームに通された。床には古新聞やビラの類が積み上げられている。カレンダーには赤ペンで書き込みがいっぱいだ。

以前と変わらない暮らしぶりのようだ。

「カミさんは、京都まで芝居見物に行っててな。こんなものしかないけど、ま、つまんで」

吉岡は、お茶を入れて、せんべいやおかきと一緒に出してくれた。

「今日は、どっか行ってたんか」

「家庭訪問に行ったんですが、留守のようで、出直すことにしました」

「日曜日やいうのに、それはご苦労さんやな。何か気になることでもあったんか」

「はい。ちょっと」

山村が博美のことを話すと、吉岡は何度もうなずきながら聞いてくれた。

「そうやって、進んで訪問してあげるというのはさすがや。けど、焦らんときや」

「はい」

「何が原因なのか、すぐにはわからんかもしれん。なんも話してくれへんかもしれん。けど、いずれにせよ、一番しんどいのは子どもや、その次には親や。だからしっかり寄り添ってあげて。くれぐれも、がんばれと言わんこっちゃ」。

「わかりました」

「不登校にがんばれは禁句や。実はな。さくらも中学校の時に不登校になりかけてな。ぼくもカミさんもしんどい時期があったんや」

「そうなんですか」

吉岡は、黙って遠い目をした。

「教師の子が不登校いうのは辛くてな。言わんでもええことまでさくらに言ったりして、カミさんにえらく怒られたりしたんや。我ながらアホやった」

吉岡の妻も確か教員だった。子育て論でぶつかり合ったのかもしれない。元気印の吉岡にもそんな日々があったのか。

「近頃はそういう子がどこでも増えてる。特に維新府政になって、競争競争言われる中で不登校の子が増えてきてる」

「そうなんですか」

吉岡の口調が熱を帯びてきた。

「今一番大事なのは、親と教師がわかりあうことや。それを対立するようにあおってきたのが、維新府政や。高校つぶしといて、教育無償化にするて、どういうこっちゃ」

「今日演説してはったことですね。柏原東高校」

「うん。これもひどい話でな。松井知事が、定員割れするような魅力のない高校に通うことは成長につながらないと言いよったんや
山村は驚いた。そこまで言うのか。

「ところがな。保護者は、学校の中身を見てほしいと言うてはるんや。中学校時代は学校がいややったけど、カシトンへ行って見違えるように生き生きしてるて言うてくれた」

「そうですか」

「競争だけあおって、おちこぼれを切り捨てていく言うのがあいつらのやり方や」

相変わらずこの人は熱い。授業中、政治への怒りをあらわにする時もあった。だが、自分たちに寄り添ってくれたのも確かだった。

「先生は、とことん付き合ってくれましたからね。わかるまで」

吉岡は慌てて手を横に振った。

「それほどでもない。後悔することばっかりや。だから辞めてから、せめて子どもを守ることに尽くしたいと思ってる」

吉岡は、湯飲み茶碗のお茶をぐっと飲み干し、山村にも注いでくれた。

「ところで、君の学校、どないや。小中一貫校で相当しんどなってるんと違うか」

「はあ……」

勤務校のことを悪くは言いたくない。だが、この人には本音を言いたい。

「学校の中がギスギスしてます。管理的で、子どもに規律規律言うて、体育の授業も、だんだん訓練中心的な雰囲気になってきてるし」

「やっぱしなあ」

「管理職も、自分もしんどいせいか、弱い立場の教員にきついこと言うし……」

「そうか」

「同学年の先生が双子ちゃん抱えて保育所通いも大変で……」

「保育所もつぶされようとしてるからな。カシトンと一緒で」

驚いた。この人は、保育所のことまで知っているのか。

「ああ。認定子ども園と言い、義務教育学校と言い、どれもこれも国が進めてる教育行政の先取りなんや。そんなことばっかしやる一方で、教師の多忙化や、子どもの貧困は、まともに取り組もうとせえへん。ひどい話や」

山村は、カバンに入れてある三崎の署名用紙を思い出した。引き受けたが、自分の家族しかまだ書けていない。とりあえず吉岡に書いてもらおうとカバンの中を探っていた時「ただいま」と元気な声がして、さくらが入ってきた。スーパーの大きなレジ袋を提げている。

「お寿司買ってきたよ。みんなで食べましょ。お茶入れるわ」

「おう、そうか。さすがわが娘や。気が利くやないか」

山村は恐縮した。

「すみません、もうそろそろ失礼しようかと思ってました」

「まあ、そう言わんと食べてくれ。君の話ももっと聞きたいし。さくらの話も聞いたってくれや。学童も、民営化されてから大変やで」

「はい、大変でーす」

さくらは、小首をかしげて笑った。

「どういうことですか」

「私らが今まで雇用されてた共立メンテナンスが撤退したんです」

「撤退?」

さくらは、椅子に腰を下ろしてしゃべりだした。

「その会社が市の補助金むさぼって、混乱招いて、結局投げ出してん」

「それはひどいなあ。そしたら、もしかしてみんな首?」

「私らの雇用はシダックスに引き継がれたけど、有給休暇も減らされたし、給与は月給から時給になったし、もう不安だらけ。年末年始やゴールデンウィークは休みが多いから、給与もガタ減りです」

　さくらは怒りで顔を赤く染めている。学童指導員って、教員と違って、そんなに身分が不安定なのか。

「まあ、食べてからゆっくり喋れや」

　吉岡の言葉にうなずいて、さくらはお茶を入れて寿司のパックを配った。スーパーの商品らしいが、ウニ、イクラなど高級なネタも入っている。美味しい。

　しばらく黙って食べていると、また吉岡がしゃべりだした。

「学童の話やけどな。さくらが言いたいこともいろいろあるやろけどな。問題は学童の質が変えられていってる言うことやな」

「ほんまにそう。うちの学童、手作りおやつもなくなったし、遠足もなくなったしね」

「それはなんでですか」

「平準化する言うんです。やってるところとやってないところがあるのは不公平やからそろえるいうこと」

　山村は驚いた。保育のレベルを向上させるのではなく、低いところに合わせるというのか。なんだそれは。

吉岡が静かに言った。

「子どものためと思ってせっかく一生懸命やってきたことが、できなくなるのが一番悔しいわな」

「うん。まあ、ね」

「待機児童も多いんやろ」

さくらがまた顔を赤くして叫ぶように言った。

「そう！　手立て取った言うけど、まだ百六十九人も待機！」

大変なのはおれの学校だけではない。保育所も、学童も、どこも大変なのだ。なんだこれは。中河内市の子どもたちはどうなるのだ。ここ数日間の内に、子どもたちを取りまくいろんな実態を知らされた思いで、山村は自分の無知が恥ずかしくなった。

しばらく黙って食べていると、吉岡がさりげなく言った。

「信ちゃん、結婚はまだか」

「ええ？　はい」

「君は昔から、お母さんっ子やからな。でも、もうぼちぼち考えてもええ年と違うか」

「あ、はい」

そうは思う。思うが、自分のように毎日あくせく働いているものが、家庭を持っても、ちゃんと子育てできるのだろうか。妻となる人にばかり負担をかけるのではないだろうか。そんなことを思うと、結婚ということに気が進まない。それは一方では、いつまでも母親に甘えているといわれても仕方がないのかもしれない。

　黙り込んだ山村を、吉岡はじっと見ていた。


　吉岡の家を辞したのは三時頃だった。もう一度訪ねるつもりだった博美の家に行くと、今度は母親が出てきた。吉岡が来意を告げると、母親は丁寧に頭を下げた。

「すみません。わざわざ来ていただいて。あの子はお腹が痛いといって休んでおりますので、部屋で休ませています」

　先週、欠席した時も腹痛ということだった。何かの病気にかかっているのだろうか。

「お医者さんには行かれているんですか」

「はい。二か所ほど行ったのですが、特に問題ないといわれて、お薬をいただいただけで」

「そうですか」

　これといった病気でないとすれば、精神的ストレスによるものだろうか。だが、教室ではごく普通に友だちと遊んでいるように見えるし、授業中もよく笑ったりしていた。

　そんなことを話すと、母親はうなずいた。

「うちの方でも、特に原因は見当たりません。甘えているとしか思えませんので、早く学校へ行きなさいと言って叱ったこともあるのですが、部屋にこもってしまって」

山村は、吉岡に言われたことを思い出した。

「叱らんといてください。博美さんも、苦しんでいるのだと思いますので、あまり学校へ行けとかがんばれとか言うのはやめていただいた方がいいと思います。しばらく、寄り添ってあげてください」

母親はしばらく黙っていたが、やがて小さくうなずいた。

「私も、もう一度学校の中に原因がないかどうかよく考えてみます」

山村は、帰り道で考えた。もしかしたら、小中一貫校の教育によって、博美がストレスを感じだしているのではないだろうか。体育の授業やマラソン大会が原因ではないだろうか。そうだとしたら、ますます問題がある。


次の日から、山村は少し変わった。黙って学校の方針に従うのではなく、本当にそれが子どもたちのためになることかどうか、よく考えてみようと思ったのだ。もちろん、だからと言って、いちいち教頭に楯突くことなどはできない。しかし、少なくとも自分の中では疑問は疑問として残しておこう。いつかそれを意見として述べる機会が来るかもしれないと自分を納得させた。

それから、表面的には大きな事件もなく、二学期は過ぎていった。ただ、山村の大きな悩みは奥村博美がすっかり不登校になってしまったことだった。

親と話してみても原因ははっきりしない。心配したほど、学校に原因があるとも思えない。山村は、週一回は家庭訪問しようと決め、土曜か日曜に訪ねることにした。吉岡に言われた通り、焦らないことをモットーに、学校の話は少なめにして、テレビアニメの話をしたり、オセロで遊んだりした。幸い山村が来ることは嫌がっていないようで、オセロで勝つとガッツポーズをしたりしてはしゃいでくれた。

家の中ではまあまあ規則的に過ごし、算数のドリルをしたり、絵を描いたりしているようだ。自然に学校へ来るのを待とう。

そんな日々を過ごしつつ二学期は終わろうとしていた。

5

終業式を前にした夜、高校時代の友人だった大垣仁史からメールが入った。

「お疲れ。久しぶりにいっしょに飲まへんか。彼女でもいたら遠慮するが、クリスマスイブにどや」

山村は、喜んでレスした。こちらも一度会いたいと思っていたのだ。吉岡の家によく出入りしていたころから気が合う仲間だったし、今は中学教師となっている彼から、いろいろな話を聞きたいと思っていたのだ。

クリスマスソングが流れる。Ｆ駅前で二人は待ち合わせ、近くの居酒屋に入った。

「お疲れ」

「お疲れさん」

二人はビールのジョッキを合わせて乾杯した。運ばれてきた刺身と野菜炒めをつっつきながら、大垣が少し改まった口調で聞いてきた。

「どうや。中学校の教師とつき合うのは」

「ええ人たちや。ただ」

山村は、ちょっと考えてから答えた。

「小中くっつける意味あるんかな」

大垣はにやりと笑った。

「やっぱりそう思うか」

「うん。だんだん疑問に思えてきた」

大垣はうなずいた。

「わかる。小学校はお花畑やからな」

「なんやそれ。ほな中学はなんや」

大垣はビールをぐっと飲みほした。

「戦場や」

「殺し合うとでもいうんか」

「そこまでは言わんよ。蹴落とし合う世界やけどな」

大垣は昔から人のいい男だ。そんなことを言うのはよくよくのことだろう。

「相当疲れてるな。お前も」

「まあな」

「何が一番しんどい。部活動か」

大垣は首を横に振った。

「まあ、おれは美術部やからな。それは大したことない。肩身は狭いけどな」

「なんでや。それ」

「体育系のクラブはしんどいからな。やってる人はそれなりに一目置かれるんや。おれらは楽してるように見られる」

それはわかる。中学校の教員からは、そうした雰囲気が漂ってくる。

「勝利至上主義で鍛えまくるやつが認められるんや。日大アメフトかて他人事やないで」

いつも明るい大垣からそんな話を聞くと、恐ろしくなる。

「小学校はそんな思いせんでもええやろ」

今まではそうだったのだが。これからはそうはいかないかもしれない。

「中学校から来て、体育の授業やってくれるんやけどな。一時間まるまる集団訓練するんや」

「前にならえ！　とか、二列から四列！　とか、そんなんばっかしやらされてたら体育嫌いになると思うわ」

「ふうん」

「規律を重視してるんや。中学校なみにな」大垣は、深くうなずいた。

「小学校のうちから仕込んだら素直に聞くやろ。あいつらはそうはいかんわ」

大垣はビールを飲みながら、しばらく黙り込んだ。この男も相当鬱屈しているようだ。呼び出したのはそれが言いたかったのだろうか。

「荒れてるんか。子どもが」

「と言うほどでもないがな。今年は三年担任やからな。進路指導がある」

そうか。しんどいのはそれなのか。

「中学はそれが大変やな。全員無事に高校へ入れるのが」

「まあな」

山村は、吉岡の演説をふと思い出した。

「カシトン希望もあるんやろ」

「カシトンか……もう、行かされへんな」

大垣は辛そうな笑いを浮かべた。

山村は、久しぶりに吉岡の家を訪ねた時のことを話した。

「この前、吉岡先生にいろいろ話を聞いた。先生がんばってるわ。相変わらず熱い」

「吉センか。懐かしいな」

大垣は煙草を吸う仕草をした。

「覚えてるか。修学旅行で部屋の連中とタバコ吸うて、吉センにばれたときのこと」

「おれは吸ってない。おれが止めるのをタケ坊らが無視したんや」

「どっちでもええけど、先生に怒られたな」

そんなこともあった。担任ではなかったが、付き添いで来ていた吉岡が、夜中に部屋を見回りに来て、見つけられたのだ。生活指導の教員に見つかった、しまったという思いでみんなは固くなった。

しかし吉岡の叱り方は、一味違っていた。

校則守れとかいうのではなく、自分の健康をもっと大事にしろよという説諭だったのだ。もっと生きたくても生きられなかった戦時中の少年兵の話も聞かされた。心にしみる言葉だった。山村が吉岡に信頼と敬意を抱いたのはこの時だったのだ。

「あの時の先生は、なんかまぶしかったな」

「うん。確かに」

大垣はじっと目を閉じて、しばらく思い出にふけっているようだった。

「それはそうと。娘さん、学童の指導員になってててな。職場のひどい話をしてた。相当怒ってたわ」

「さくらちゃんやろ。おれらが遊びに行ってた頃はかわいかったな。元気な子やった」

「うん……けど、中学の時は不登校になったそうやで」

「ほんまか。知らんかった。何が原因や」

「そこまで聞いてないけどな。今は元気そのものやで」

「そうか。中学でか」

大垣は、少し黙り込んでいたが、座りなおして話し出した。

「おれが今一番むかついてるのがチャレンジテストや。あれはひどい」

チャレンジテストというのがあることはもちろん知っている。文科省の学力テストとは別に、大阪だけが独自に始めたものだ。

「そんなに中身が悪いんか」

「一回のテストで、内申書が全部ちゃぶ台返しされるんや」

どういうことだろう。大垣はゆっくり説明を始めた。

「大阪全体の平均点を超えると内申書が上げられるけど、平均以下やると内申書下げなあかんのや。三年間ずっと真面目に授業受けて、がんばってきても、一回のテストでひっくり返されるんや」

「うん。けど、入学試験も一回きりやろ。ある意味仕方ないんと違うか」

山村の疑問に対し。大垣は語調を強めた。

「それだけやない。このテストは個人戦やのうて団体戦なんや」

「団体戦？」

「たとえ百点取っても、学校全体の平均点が低かったら、内申下げられてしまうんや！」

それはひどい。そんなことがあっていいのか。下げられた生徒の気持ちはどうなるのだ。

大垣は、拳でテーブルをどんと叩いた。

「おれのクラスで以前もめたことがあるんや。成績の低い子にお前のせいで平均下がるから、試験の日、休めと言われた子がいてな。休んで、親に抗議された」

「そうか。つらい話やな」

「友だち関係も壊すテストや。それにな。塾行ってる子は、成績が下がらんように、その日は休めと言われて休む子もいてる」

何ということだ。言葉を失う思いだ。

「泉南の方で、大勢休んで問題になったりもしてる。そもそもこんなテストが間違ってるんや」

山村は、吉岡の言葉を思い出した。

「吉岡先生が言うてた。どれもこれも、国と大阪府の教育方針が間違ってるからや。それが子どもを苦しめてるんやと」

大垣は、深くうなずいた。

「そうやな。ほんまにそうや。不登校なんかなんぼでも増えて当然や」

何度もうなずく大垣を見ていると、ふと山村は、自分でも思っていなかった言葉を口にしてしまった。

「おれな、今まで組合運動とか、あんまり係わり持たんと来たけど、これではあかんという気がしてきた」

大垣はにやりとした。

「吉センにだいぶ感化されたたな」

そうかもしれない。あの日から、確かに自分は変わった。職場を見る目が変わったのだ。

「一応市教組に入ってはいるけどな、うちの職場も、前の職場も、別に何にもしてなかったからな」

「入ってるだけでも偉い。おれは入ってない」

「そやったか」

「二つに分かれてるのが、どうも嫌でな」

それは山村もわかる。前の職場には少数派の組合もあったが、今は連合の組合があるだけ。名前だけのような組合だ。

「それとな。おれの職場の管理職がひどい。ほとんどパワハラや。何とかしたいけど，おれにはそんな力もないし」

「そんなにひどいか」

「ああ、いやな人は出て行けと言う教頭や」

それはまさに今の実感だった。

「そうか……まあ、飲も」

「うん」

大垣は、少し酔いのまわった声でビールを追加した。しかたがない。今夜はとことん付き合ってやろうと思った。

6

年が明け、三学期が始まった。いよいよ仕上げの学期が始まる。持ち上がりたいが、その保証はない。しっかりと三学期を締めくくりたい。

始業式の朝、山村は気持ちを引き締めて校門に立ち、登校してくる子どもたちを迎えた。

少し風が冷たいが、日差しは暖かい。

「おはよう。……おう、早いな。おはよう」

一人ひとりに言葉をかけながら十分ほど経った時、こちらに向かって歩いてくる奥村親子の姿が見えた。博美がいる。校門に向かって歩いてくる。

二人は山村の前に来ると、そろってあいさつした。

「おはようございます」

山村も驚いて挨拶を返した。

「奥村さん！　おはよう。今日は……」

母親が笑顔で答えた。

「先生。今日から学校行く言うんで連れてきました。よろしくお願いします」

「ほんとですか！」

「はい」

母親は博美を見た。

「行ける？」

博美ははっきりとうなずいた。

「冬休みの宿題持ってきた？」

「うん」

「そしたら、行ってらっしゃい」

博美はちょっと周りを見て、歩き出した。

「博美や。ひさしぶりやん」

ちょうど登校してきた女子のグループが声をかけてくれ、博美もいっしょに校舎へと入って行った。

山村は、まだ信じられない気持ちだった。いつ、どんな風に博美の気持ちが変わったのだろうか。今日、みんなと溶け込めるのだろうか。

半ば呆然としている山村に。母親が改めてあいさつしてくれた。

「先生、ありがとうございました。三学期から学校行くと自分から言ってくれました。ほんとにあっさりと」

「そうですか。よかった！　よかったです」

「先生のおかげです。今日までありがとうございました」

深々と頭を下げる母親に、山村は思わず言った。

「いえ、ぼくは何もできませんでした。お家の人のおかげです」

それは本心だった。だが、母親は続けた。

「そんなことありません。先生がお忙しい中を、ああやって、何回も何回も来てくれてほんとに感謝しています」

「いえ、とんでもない」

「クラスの子どもさんもしょっちゅう遊びに来てくれて、ほんまにうれしかったです」

それは山村も耳にしていた。博美はけっこう仲のいい子がいたのだ。

「先生が言うてくれたでしょう。がんばれとか、学校へ行かなあかんとか、言わないでほしいて」

それは、吉岡からも聞いて、自分も一番気をつけていたことだった。

「それがよかったんやと思います」

母親は、ちょっと目を潤ませた。

「私、心の中ではなんでこの子は、こんなに私らを困らせるんやろと思ったこともあったけど、それはぐっと抑えて、お母さんはいつもあんたの味方やからね、と言うてきました」

「よかったですね。それが」

「そしたら、よろしくお願いします」

もう一度あいさつしあって、母親が去るのと入れ違いに、三崎が出勤してきた。

「今、帰りはったん、奥村さん？」

「うん。博美が登校してきたんや！」

「ほんまですか！　よかったですね。先生ずっとがんばってはったから」

わがことのように喜んでくれる三崎を見ながら、山村はふとつぶやいた。

「ぼくも変わらなあかんな」

「え？」

一歩前へ踏み出そう。それは博美がくれた決意だった。

7

翌日の放課後、山村と三崎は、校長室で関川校長、中田教頭と向かい合っていた。以前教頭から言われた服装の問題を話し合いに来たのだ。

「五年としては、卒業式の服装のことを保護者に説明することはできませんので、年度が替わってからということでお願いします。その時は、学校として文書を出して説明会をしてください」

　山村の言葉に、教頭は顔色を変えた。

「何をそんなにつっぱってるんや。今説明してもいっしょやろ」

強い口調だったが、山村はひるまなかった。

「当該学年が、卒業式の方針を持ってやってほしいです」

教頭が何か言おうとした時、関川校長が答えた。

「わかりました。そうしましょう。他に意見があったらどうぞ」

意外な校長の言葉だった。普段から、当たり障りのない発言しかしないで、万事教頭に任せているというイメージの校長だったのだ。

山村は、校長に自分の思いをしっかり聞いてもらおうという思いが込み上げた。

「私は、小中一貫校は子どもたちのためになると思って、それなりに一生懸命やってきました。けど、今は疑問がたくさんあります」

「どんなことですか」

「上からの伝達でなんでも決まってしまいます。マラソン大会のことも、テストのことも、職員の意見を聞いてくれてないです」

校長はちょっと首を傾げた。

「それは、先生の意見ですか。それとも、職員全体の意見ですか」

「私個人の意見です。けど、同じように思ってはる先生方は多いと思います」

三崎もうなずいた。校長は無表情に答えた。

「わかりました。考えときます。そしたらこれで」

立ち上がりかけた校長をとどめるように、山村は続けた。

「すみません。もう一つお話ししたいことがあります。三崎先生の育児時間を保障してください」

三崎がはっとしたように顔を上げた。

教頭が言い返した。

「ちゃんと保障してるやないか」

「保障していません」

「何言うてるんや。現に毎日定時に帰ってるやないか」

「辛い思いをしながら帰ってはるんです。教頭先生にも、いろいろ言われながら」

「ぼくが何言うたて？」

どうやら本人は気づいていないらしい。三崎が遠慮がちに口を開いた。

「すみません。もう帰るんか？　とか、今日は五分早いなとか、三回ぐらい言われました。半休取った時も、不機嫌そうなお顔で見られました」

教頭の口調が少し弱くなった。

「言うたかな、そんなこと……」

山村は鋭く突っ込んだ。

「それってパワハラと違いますか」

「おおげさやな。組合用語か」

山村は穏やかに言葉を続けた。

「子育てで大変な先生をみんなで支えることは大事なことやと思います。学級でもしんどい子がいたら、みんなで助け合うように指導しますやん」

校長がうなずいてくれた。

「わかりました。それは大事なことやからね」

山村は、校長に向かって言った。

「ありがとうございます。職員室の空気を明るくするようによろしくお願いします。

三崎も頭を下げた。

「よろしくお願いします」

二人が立ち上がって、校長室を出ようとした時、教頭が浴びせかけた。

「山村先生。義務教育学校、いややったら、転勤してええで」

それは山村が覚悟していた言葉だった。

「いやなら出て行けいうことですね」

教頭は黙っている。

「私は転勤しません。持ち上がりを希望して、子どもたちを無事卒業させたいと思ってます」

教頭が「考えとくわ」といった言葉を受けて、山村はていねいに一礼した。

「失礼しました」

校長室を出る山村は動悸が高鳴っていた。

三崎が後ろから声をかけた。

「先生。ありがとうございました」

少し涙声だった。山村は振り向いて手を差し出した。その手を三崎は両手で握りしめてくれた。

「後悔はしない。これからどんな跳ね返りがあっても後悔しない」

そう心に誓う山村だった。

次の日曜日、山村は三崎とともに、F駅前の広場に立っていた。保育所を守るための駅頭署名運動に協力することに決めたのだ。

この日は少し規模を広げた運動らしく、十人以上の人たちが集まっていた。

三崎は署名板を持って立ち、山村は、その横に「保育所つぶさんといて」と書いたプラスターを持って立った。初めての経験だった。少し恥ずかしい気もする。

「今日はお子さんはどうしてるの」

「主人が見てくれてます。この頃ちょっと協力的になってくれて、今日もがんばってやと言われました」

三崎はうれしそうに答えた。

「先生も、お休みの日やのにありがとうございます。ほんまにありがたいです」

「いや。自分が行きたくなったからや、あ、これ、おふくろがくれたのど飴」

出しなに母親がくれた飴の袋を差し出しながら、山村は少し誇らしげに笑った。

行きたくなった。それは偽りのない気持ちだった。

リーダーの女性が演説している言葉が、一つ一つ山村の心に響いてきた。

「ご通行中のみなさん。私たちは中河内市保育運動連絡会でございます。身近な保育所と幼稚園をつぶし、たった五つの認定子ども園にまとめてしまおうという市の方針を撤回してほしいと訴え、市民のみなさんに署名のお願いを訴え続けてまいりました。みなさんのお力で七万筆の署名が集まり、市長と市議会に提出した結果、鳥居、岩田、御厨、友井の四つの保育所が平成三十年度は入所募集の停止を行わないという決定がなされました！　みなさん方のおかげで、四園の子どもたちは、さしあたりこれまで通り変わらず過ごすことができます。ご協力、ご支援、本当にありがとうございました！」

参加者から拍手が起こった。山村も拍手しながらふと前方を見ると吉岡がいる。自転車にマイクを積んでじっと演説を聞いている。

山村は大きな声で呼んだ。

「吉岡先生！」

吉岡は、山村に気づいて、手を振り、近づいてきた。

「おう。君も署名やってるんか」

「この人の応援です。同学年でがんばってくれてる三崎先生です」

三崎はあいさつし、吉岡は、何度もうなずいて、二人と握手した。

「えらいなあ！　ぼくな、ここでカシトンの宣伝するつもりやったけど、そっちの応援するわ」

吉岡はビラを受け取り、いっしょに配り始めた。演説が続いている。

「みなさん。けれども、公立保育所を廃止する計画はまだ残されています。民間による保育所施設の受け入れ態勢が整い次第、四つの園ではゼロ歳児の募集が停止されることになっています。公立保育所を残し続けていくために、ひきつづき署名にご協力をよろしくお願いいたします」

演説を終えた女性が、三崎に近づいた。

「三崎さん。あなたもしゃべって」

「ええ、私ですか。やったことないですけど。」

「大丈夫！　思う通りのことをしゃべって。お願い！」

三崎は躊躇しながらマイクを握った。

「私は双子の母親です。二人をおんぶにだっこで保育所に通ってます。土曜日、二人分の布団かかえて、雨が降ったらお手上げです。三キロ離れた認定子ども園まで通うとなったら、もう次の子あきらめなやって行けません。それで少子化対策とか言えるんでしょうか。これからもずっと、ずっと保育所つぶさんといてほしいです。……みなさん。私は……」

三崎の訴えはよく通る声だ。

山村は、胸が熱くなった。三崎も、自分も一歩を踏み出したのだと思った。

具体的で切実な訴えに、立ち止まって聞いてくれる人もいる。子どもを抱いた女性もいる。

自転車を停めて聞いている高校生もいる。

三崎も、吉岡も、さくらも、そして大垣も、みんな子どもへの熱い思いを持っている。学校も、保育所も、学童も、みんな子どもと共に生きている。自分もその一人なのだ。子どもといっしょに生きていくのだ。

なぜかふと母親の顔が浮かんだ。

5　いのち輝いて

1

夜半に強く降った雨がすっかりやんで、朝の陽ざしが窓から差し込んでくる。今朝はもう水遣りをしなくてもいい。ラッキーだと思うと、早苗の気分は弾んだ。新聞を取りに表に出ると、蝉時雨が心地よく降り注いだ。

リビングに戻って新聞を広げると「津久井やまゆり園事件から1年」の見出しが飛び込んできた。あの悲惨な事件から一年近くが経ったのだ。

八木早苗は、短大卒業後、父三郎の働いていた、ここ中河内市のこだま作業所で働いている。国家試験を必要とするような専門職をめざす気概はなく、かといって一般企業で女子社員として働くこともあまり気が進まなかった。しかし、結婚して専業主婦となるなどとは考えられない。結局父の働いていた障碍者作業所が人を募集していると知って、思い切って就職したのだった。

かねがね父の様子を見ていると、今の社会にとって非常に大切な仕事を受け持っているという気がしたし、おそらくは人間的で温かい職場だろうと思われたのだ。既に退職していた父は、「自分で決意したのなら、しっかりやるんだな」と言って送り出してくれた。

職員になって何とか仕事を覚え、大過なく三年過ぎたが、あの事件は忘れられない衝撃だった。

二〇一六年、七月二六日未明に、知的障碍者の施設やまゆり園で、入所者一九名が元職員によって殺害された事件は、同じ障碍者施設で働く早苗にとっては決して忘れることのできない衝撃だった。「こいつらは生きていてもしょうがない」などと犯人が決めつけたことに対する怒りはもちろんだが、職場の議論で出された、社会的弱者への差別や偏見、排除の風潮がもたらしたものではないかという議論も心を占めていた。

新聞を読んでいると、朝のウオーキングから父が帰ってきた。

「お父さん、おはよう」

「おはよう。何読んでるんや」

父は、早苗の読んでいる新聞を覗き込んだ。

「やまゆり園か。ひどい事件やったなあ」

父はシャワーを浴びに風呂場へ行き、入れ違いに母の日出子が二階から降りてきた。

「おはよう。いいお天気やね」

母はてきぱきと食事の用意にかかった。ミキサーに野菜を放り込んでジュースを作る。同時に手早く食パンをトースターに入れる。慣れたものだ。

今は両親とも働いてはいない。母は医療生協の役員をしていろいろ忙しくしているが、父は全く自由人だ。五歳年上の兄は家庭を持っており、早苗たちは三人暮らしだ。

「行ってきます」

両親と一緒に朝食を済ませると、早苗は、母がミシンで作ってくれた帽子をかぶり自転車にまたがった。こだま作業所までは約二〇分。通い慣れた道だ。

今日はこだま作業所に、隣の八野市にある府立支援学校から実習生が来る日だ。支援学校とはかねてから提携していて、実習生の受け入れや就職の相談をはじめ、日常的にも交流がある。

今回、受け入れを担当する早苗は、かすかな緊張感を覚えていた。実習生にできるだけいい印象を持ってほしいという思いと、仕事の厳しさを知ってほしいという思いが交錯していた。

2

早苗は先輩の大崎充と共に、作業台を運び出し、牛乳パックを籠に入れる作業の準備を進めた。まもなく実習生がやってくる。

「こんにちは」

明るく声をかけて入って来たのは、支援学校のベテラン教員、森田茂之だ。教職員組合の分会長も務めているとのことで、いろんな運動の話でもよく訪れる。

「こんにちは。お世話になります」

後から実習生を連れて入って来たのは、支援学校の教員、小谷なつみだった。

「あ、先輩。こんにちは」

なつみは、河内高校時代の一年先輩だ。なつみが引率教員だったのか。

「あら早苗、久しぶり」

「お久しぶりです」

「お二人、顔見知りなんやね」

大崎が笑顔でたずねる。

「はい。一緒にブラバンやった仲なんです」

なつみが答える。

「ほおう。八木さん、ブラバンか。何、楽器は」

「フルートを少し……」

早苗がはにかむように答えると、

「上手でしたよ」となつみが言葉を添える。

「小谷先生は、何やってたん」

森田が問いかけ、

「私はクラリネットです」

となつみが答える。

短いやり取りで、すっかり四人は旧知の間になったようだ。

早苗がなつみと実習生を作業台の前へ誘った。

「こだま作業所へようこそ。それでは実習を始めましょうね。私は職員の八木早苗と言います。よろしくお願いします。お名前を聞かせてください」

「神田真一」

小柄な実習生はぽつりと答える。

「真一さんですね。こだま作業所は初めてですか」

真一は黙ってうなずく。

「はい。それではこの牛乳パックを、籠に入れてくださいね」

真一は、両手を前に突き出して指をかすかに動かした。やる気満々といった様子が感じられる。

「じゃあ始めましょうか」

「はあい」

元気よく返事した真一はかなり素早い動作で作業にかかった。みるみる作業が進んでいく。思っていたよりもはるかに速い。

「その調子その調子。でも、もっとゆっくりでもいいのよ」

早苗の言葉に軽くうなずいた真一は、むしろスピードを上げようとしているみたいに見えた。

大崎が様子を見に来た。

「がんばってますね」となつみに声をかけると、なつみはうれしそうにうなずいた。

「はい。今日はすごく元気そうです」

「楽しんでるみたいですね」と大崎。

実習生が、嫌がらずにやっているということが、早苗はなによりありがたかった。

一五分ほどで作業が一段落すると、大崎はもう少しレベルの高い仕事を提案した。ボルトとナットを五個ずつ、袋に詰める作業だが、今の様子だと何とかやりこなせそうだ。

「じゃ、ここからぼくが付き添うから、八木さん、先輩と少しゆっくりしていいよ。お二人にお茶でも出してあげて」

そう言うと大崎は、真一を連れて、離れた作業台に向かった。

「ありがとうございます」

早苗は、応接室に二人を誘い、冷蔵庫からお茶を運んで、森田となつみに勧めた。

「神田真一君って、学校ではどんな様子ですか」

森田に促され、なつみが答えた。

「おとなしいけど我慢強い子やねん。近頃はずいぶん積極的になって、人とも話すようになったんよ」

「そうですか。先生方もいろいろご指導に苦労されてるんと違いますか」

それは早苗の実感だった。この作業所でも、作業に飽きてくると、籠をひっくり返してしまう利用者もいる。すぐ怒り出す利用者もいるのだ。

早苗がそのことを話すと、なつみと森田は何度もうなずいてくれた。

「大変やね。そんなときどうするの」

「焦らずにやり直しをしてもらいます。根気ようやらんと」

森田が深くうなずいた。

「わかります。しんどいけど、やっぱりそういう積み重ねの中で、利用者さんも成長していかれるんですよね」

早苗は思った。きっと支援学校も同じような日々の積み重ねなのだろう。なつみも、この森田という先生も、そんな中でがんばっているに違いない。

森田が立ち上がった。

「お茶ごちそうさまでした。そろそろ様子を見に行きます」

「はい。そしたらご一緒に」

三人は部屋を出て、大崎の所に向かった。大崎に見守られながら真一が作業に取り組んでいる。その様子をじっと早苗が見守っていた時、隣の作業台にいた山岡という中年の利用者が、近づいて早苗のシャツを引っ張った。

「なにすんの、山岡さん」

早苗が振り払おうとすると、山岡はぶつかってきた。

「やめなさい！」

大崎が止めに入り、山岡の背中をなでながら落ち着かせ、その場はおさまったが、早苗の気持ちは波立っていた。

実のところ山岡にちょっかいをかけられたことは初めてではない。ボケとかブスとか言われたこともあるし、蹴ってこられた時もある。だが、自分の何が気に入らないのか、早苗にはどうしてもわからないのだった。

「今日のまとめの時、ゆっくり話しあおう。山岡さんへの関わり方を変えてみることも考えたらいい」

「はい。でもどうやったら」

「みんなに意見出してもらお。一人で悩まんことや」

大崎はそう言って早苗の肩をたたいた。

真一の傍らで、二人の様子をなつみと森田が見ていた。

3

その日から二日後の日曜日、早苗は家庭訪問に行くというなつみに誘われ、一緒に神田真一の家を訪れた。

「先生、暑い中をご苦労様です」

真一の母、千恵子に迎えられ、二人はリビングのテーブルに座った。テーブルにはお茶とプチトマトの皿が出されている。

「真一が、実習を喜んでました。職員さんに褒められたのがうれしかったみたいです。速いとか、上手やとかいろいろやさしくしてもらって、ありがとうございます」

千恵子に頭を下げられ、早苗は恐縮した。

あの時は、山岡のこともあって、行き届かなかったのだが、大崎がしっかりフォローしてくれたのだ。

「ほんと上手でした」となつみ。

「ボルトとナットを袋に入れる作業もすごく張り切って、まるで競争してるみたいに集中してました」

千恵子はちょっと目頭を押さえた。

「そうですか。あの子が……」

「よかったですね。ほんとに」

なつみの言葉に、千恵子は何度もうなずいた。

「それも先生方のおかげです。ありがとうございます」

早苗はその後の作業所の会議の模様を報告した。

「作業所の方では、卒業したらぜひ来てくださいと言うことですが」

千恵子は、笑顔で答えた。

「ありがとうございます。行かせてもらうことになると思いますが、まだ、他にも声かけてくれはる人もいますので。結論はもう少し……」

早苗はうなずいた。

「どうぞ、ゆっくりお考えになってください」

それから、お茶を飲み、家で作ったというトマトをつまみながら、しばらく談笑が続いた。

話が盛り上がったのは、昨年の学習発表会で、森田の創った劇で真一が演じた夏の神様役のことだった。鬼のパンツをはいて太鼓を叩いて出てくる役である。春の女神役に日登美ちゃんという子が出るから恥ずかしいといって、かなり渋っていたが、みんなに推されて出たという。

「真一君、あの劇からすっかり変わりましたよ。引っ込み思案がころっと変わって、けっこう人としゃべるようになったし、劇の力ってすごいです」

「ありがたいことです」と千恵子。

なつみはうれしそうに続けた。

「森田先生によく言われます。どの子も本当はすごい力をもってる。それを引き出してやるのがぼくらの仕事やって」

早苗はその言葉が胸に響いた。作業所の大崎たちの思いも全く同じだと。でも、自分はまだまだ力が足りない。山岡のこと一つ取ってみても、それが痛切に感じられた。

それから話は、支援学校の建設署名のことへ移った。なつみの話によると、来年も生徒が増えるだろうし、もういまの設備では限界だという。ＰＴＡでも、協力を呼びかけているし、できるだけのことはしたいと母も答えてくれた。


帰り道、なつみはぽつりと言った。

「私、支援学校に就職するの、ずいぶん迷ったんよ」

「そうなんや」

「子どもはみんな通常の学級で学ぶべきやという意見もあったし、私もそれに共感した時期もあったし」

なつみの言う原学級保障論というのは、早苗も知っていた。そういう考えに立つと、そもそも支援学校そのものが不要と言うことになる。

「けど、実習に行く中でほんまに先生たちが一人ひとりの子に寄り添って、人間として成長させるためにがんばってはるんやという姿が感じられたんよ。すごいなあと思ったわ」

なつみは、それから、いろいろと職場の様子を話してくれた。そして、別れ際にこう言った。

「私ら、同じ道を選んでよかったね。これからもよろしくね」

「はい。先輩」

「なにそれ」

なつみは笑顔で早苗をにらんだ。

「今日はお疲れさま。またね」

なつみと別れてから、早苗は、彼女の一言一言が、心に残った。真一の母は、全面的に支援学校を信頼している。なつみも、自信を持って働いている。自分もそうなりたい。職場の先輩にはなつみに負けず恵まれている。それにこたえるように成長したい。

ふと山岡の顔が浮かんだ。あの日、ミーティングで大崎から「焦らずに、相手の気持ちに寄り添っていくように努力しなさい」と言われたことをいつもかみしめている。だが、まだ山岡に変化は見られない。やはり努力が足りないのだろうか。

早苗は一人歩き続けた。

4

「早苗、おい」

肩を揺すられて、早苗ははっと目を覚ました。パソコンに突っ伏して眠っていたのだ。

「横になって寝たらどうや。そんなことしとっても疲れ取れへんぞ」

まだ寝るわけにはいかない。父の言葉に反発するように、早苗は「シャワー浴びてくる」と言って立ち上がった。

水の冷たさに眠気を吹き飛ばしてリビングへ来ると、父と母が座ってビールを飲んでいた。

「ひどい話やな。こんなことならオリンピックなんかやめとけ」

新聞を見ながら父がぼやく。

「過労死の記事」と母がのぞき込む。

「時間外労働二〇〇時間やて。無茶苦茶しとる」

オリンピックに向けての工期が遅れているから、突貫工事をやらされたらしい。

「まったく、働く人を何と思うとんのや」

「ほんまやね。政治の責任やのに」

早苗はコーヒーを入れて二人の話を聞いていた。父はだんだんアルコールが回ってきたようだ。

「モリカケそばも、安倍おろしそばも大事やけどな。労働時間何とかしてもらわなあかんな」

母が早苗をちらっと見て言った。

「それを言うなら、私早苗が心配。働かされすぎと違う」

「うん」と父。

「うんやのうてちゃんと言うて」

早苗が言葉を挟もうとした時、父が言った。

「こだまの労働時間はきちんとしてるんやけどな。その他の活動が忙しいんやろ」

「一緒のことでしょ。そんなん」と母。

「「あくまで自発的な活動や」

「何でもええように言うんやね。こだまのことは」

「当然やろ。こだまはおれの人生そのものや」

早苗は思わず言った。

「私は大丈夫やで。今ちょっと忙しいだけや」

母は早苗をじっと見た。

「無理したらあかんで。若いから言うて」

「わかってる。私もちょっと飲むわ」

早苗は手酌でビールを注いだ。

時間は十時を回ったところだ。まだまだ夜は長い。

「もうすぐこだま四〇周年やね」

「ああ、実はその時、少ししゃべることになってるんや」

父は創立以来のメンバーだ。苦労話もたくさんあるだろう。

「おれは、八二年の対市交渉のことを話すんや。作業所に公的な場所を貸せいう交渉や」

その話は、早苗も何回か聞いた。よほど思い入れがあるのだろう。

「あの時の作業所は、ほんまに劣悪でな」

父はぐっとビールを飲み干した。

「おれが朝九時前に出勤して一番最初にやるのが電灯のスイッチを入れることや。外はカンカン照りやのに、作業所のなかは薄暗いんや。床は板張りで、いつ抜けてもおかしないような状態や。そんな中で、障碍のある仲間が仕事してたんや」

それからも父の話はとめどなく続いた。「障碍を抱えた人の居場所を何としても作りたい。作らなあかん」と訴えた交渉の結果、ようやく土地が提供されるようになったが、今度は建設の資金繰りが大変で、社会福祉医療事業団からやっと二千万円借り入れがまとまったが、担保物件の提供がまたまた一苦労だったという話。

「何べんも聞いたけど、ほんといろんな人に助けられたんやね」

母は感慨深げだ。当時の話は聞いているが、やはり実際に経験してきた父や母の思いは、自分にはわからない。

「私、苦労が足らんのかな」

早苗はつぶやいた。

「あんたはあんたで今一生懸命なんやから、そんなことはないよ」

母はそう言ってくれたが、早苗の気持ちは晴れなかった。黙ってビールを飲む早苗に、父が意外なことを言い出した。

「実のところ、おれは早苗がこだまに入ることにあんまり賛成でなかったんや」

「ええ？　喜んでたんと違うの」

早苗には驚きの言葉だった。母も驚いている。父は言葉を続けた。

「うれしかったのは事実や。けど、苦労の多い仕事やいうこともわかってた。投げ出さへんかという心配もした」

早苗は父の言葉にムカッとした。

「投げ出さへんよ。見損なわんといて」

早苗はつと立った。

「ご馳走様。仕事する」

立ち上がって部屋を出ると、母の声が聞こえた。

「あの子、無理してるよ。絶対無理してる」

「わかってる。おれもわかってる」

早苗はドア越しに耳を傾けた。

「あいつの苦労は、ただ企業で働かされてるのとは違う」

「どう違うの」

「喜びがあるんや。作業所には早苗の心に響くものがあるんや。だからがんばれるんや」

そうだろうか。がんばれるだろうか。

『あいつは今何かぶつかってる。それを超えなあかん。超えたらまた新しい元気が湧いてくる。その繰り返しや』

父の言葉を聞きながら、早苗は一人そっと拳を握り締めていた。

5

次の日曜日、早苗はなつみに誘われて、支援学校建設の駅頭署名に参加することになった。まだ陽ざしの厳しい中、四時過ぎに中河内駅に行くと、森田が駅前の広場に立ってハンドマイクで訴えていた。かたわらではなつみたちが署名板を持って訴えている。早苗も署名板を持って立った。

「みなさん。八野市にある支援学校は、府下最大のマンモス校になりました。一つの支援学校の規模は、一五〇人から二〇〇人が適正とされておりますが、八野支援学校はすでに生徒数三七〇人を超えており、これからも増える傾向にあります。教室も不足しており、音楽や美術の指導をする特別教室を普通教室として使わなければならない状態です」

森田はさすがに話慣れている。わかりやすいし、熱意も強く伝わってくる。

「体育館が使えないために教室で体育をしていますが、危ないから動き回れません。調理室が使えないため、調理実習もできません。これでは行き届いた教育ができないんです」

立ち止まって聞いてくれている人が出てきた。子ども連れのお母さん、高校生の姿も見える。

「みなさん。中河内市から、知的障碍のあるたくさんの子どもたちが、交野、四条畷、八野市へと通っています。中には九〇分かかる通学もあるのです」

森田は一段と力を込めて訴えた。

「みなさん。中河内市は人口五十万。府下で第三の規模を持っています。ここに小中高等学部のある知的障碍支援学校がないと言うことがおかしいのです。

市議会ではすでに全会一致で学校建設署名が採択されましたが、府議会への請願は不採択という残念な結果になりました、ぜひとも市民の皆様に署名へのご協力をお願いいたします」

森田の訴えがくり返し続く中、早苗も署名を訴えた。声を出して訴えるのは気恥ずかしかったが、森田の言葉に励まされるように声が出た。

「署名お願いします。支援学校建設署名をお願いします」

だが、なかなか立ち止まって署名をしてくれる人はいない。なつみは、少し離れた交差点で、自転車を止めて信号待ちしている人に話しかけ、署名を訴えている。自分もそこへ行こうかと思った時、自転車に乗った千恵子が手を振ってなつみの傍へ近づいてきた。急いで早苗も駆け寄った。

「先生、お疲れ様です。あ、早苗さんも、ご苦労様です」

なつみたちとあいさつを交わした千恵子は笑顔で話してくれた。

「私もご近所に署名お願いしてます。町会長さんも預かってくれました。市議会で全会一致で賛成してくれてます言うと、みなさんすぐ書いてくれますわ」

「ありがとうございます」

なつみが深々と頭を下げると、千恵子は、さらに「私も集めます」と言ってくれた。署名板を渡すと、元気よく訴えてくれる。早苗も元気をもらった思いで訴え続けた。

一時間ほど行動して、署名行動を終えた後、早苗は森田となつみに誘われて、近くの喫茶店に入った。

「お疲れさん。早苗さんもありがとうございました」と森田があいさつし、三人はコーヒーを飲みながら歓談した。

「真一君、どうやらこだまに行くつもりです。早苗先生好きや言うてます」

となつみ。

「ふうん、なつみ先生以上にか」

「私よりは落ちます」

笑いながら話が弾んだ。ふと森田が言い出した。

「そういえばもうじきこだま作業所の誕生記念日やな。ぼくらもお祝いに行くけど、あんたたち、元ブラバンやろ。当日一緒に演奏せえへんか」

「やろか」となつみ。

ちょっと心もとないけど、やってみるか。久しぶりに。

「やります」早苗もうなずいた。

6

九月になった。まだまだ残暑は厳しいが、朝夕は少し風の冷気を感じる。

いつものように出勤した早苗は、大崎と共に利用者の作業を見守った。

山岡が、ボルトとナットを袋詰めする作業がうまくいかなくて苛ついているようだ。早苗は傍に行き声をかけた。

「山岡さん。ゆっくりでいいですよ」

「あっちへ行け」と苛ついた声が帰ってきた。早苗は「はーい、ごめんね」と明るく答えて背を向けたのだが、次の瞬間、山岡が「わあっ」と叫んだ。ボルトの箱がひっくり返ったのだ。早苗も急いでいっしょに拾おうとしたが、そこに来た大崎が制した。

「山岡さん。拾って」

山岡は黙って立っている。

「大事な製品やで。拾ってよ。な」

大崎の穏やかな言葉を受けて、山岡は拾い始めた。大崎はじっと見守っている。やがて、山岡は「拾った」とつぶやいた。

「ご苦労さん。ちょっと休もうか」と大崎が声をかけたが、山岡は「いい」と答えて袋詰めを始めた。

大崎と早苗はじっと見守っていだが、見るからに作業は鈍い。早苗は時計を見た。もうすぐ河内運送が取りに来る時刻だ。

「どうしましょう。間に合いませんね」

大崎は落ち着いて答えた。

「ぼくが謝る。仕事を最後までやり遂げることが第一や」

そうこうしている間に、すでに作業を終えた利用者が二人、三人と手伝ってくれた。それには山岡も何も言わない。

「終わった」と山岡。

「ご苦労さん」

大崎はうなずいてから力を込めて言った。

「ほな、みんなで一緒に確認しよう」

早苗も加わり、みんなは袋の中身を確認していった。点検していた大崎が、袋を持ち上げて言った。

「この袋、数が足りません。十本あるはずのボルトが四本しか入っていない」

利用者たちは黙っている。

「これ、納品する時に、数が揃っていないと、とっても迷惑をかけることになります。みんなで探しましょう」

早苗が元気よく答えた。

「はい。がんばりまーす」

みんなは、作業台の下や、一つ一つの袋の中を探し始めた。山岡も黙々と探している。しばらく経って、作業台の下を見ていた山岡が声を上げた。

「あった！　ここに六個あった！」

「すごい！　山岡さんえらい！」

早苗は思わず駆けよって。山岡にハイタッチを求めた。山岡もうれしそうに応じてくれる。

「やったあ。やったあ」と喜ぶ山岡を大崎がねぎらった。

「ありがとう。よかったなあ」

喜び合っているところへ、河内運送が製品を取りに来た。無事に受け渡しを終え、社員があいさつした。

「みなさん。今日もご苦労様です」

いつも黙っている山岡が「ありがとう」と答え、社員が肩をたたいた。

大崎も近寄って握手した。

「山岡さん、ようがんばったなあ。おかげで間に合ったで。謝らんで済んだで」

山岡はみんなに向かって「ありがとう」と頭を下げた。

早苗は胸が熱くなり、黙って頭を下げた。山岡に抱いていたとっつきにくさが消えていた。

7

こだま作業所誕生四〇周年記念日はさわやかな秋晴れの日となった。

職員、利用者、その家族でいっぱいとなった食堂の正面には、職員手作りの「おめでとう四〇周年」と書かれたパネルが、造花のコスモスで飾られている。

開会あいさつ、お祝いのスピーチが続く中で、三郎が歩み出た。

「本日はおめでとうございます。こだま発足当時を振り返って感無量です」

三郎は、いつも早苗たちに話している対市交渉の思い出を語り、最後にこう結んだ。

「あのやまゆり園の痛ましい事件から一年過ぎましたが、今も私の心は痛み続けています。作業所で働く職員によって、あのような犯行が行われたことが、たとえようもなく辛いのです。みなさん。こここだまで働くみなさんと利用者のみなさんの思いは一つではないでしょうか。

人間が人間として大切にされ、一人ひとりのいのちが輝く。そんな社会をめざして、がんばっておられると信じます。私たちOBも、共に力をつくしてまいりたい。その決意を申し上げてお祝いの言葉とさせていただきます」

大きな拍手が会場を包んだ。強い共感の拍手だった。

「お父さんカッコええなあ」

早苗はうれしかった。

スピーチの後は軽食と飲み物が出され、くだけた雰囲気となった。テーブルの一角で河内音頭を歌い出す人がいて、みんなが掛け声で応じた。立ち上がって歌っている人もいる。山岡を含む何人かが前に出ていき、適当に踊りだした。

「山岡さん、明るくなったな」と大崎。

「あの人は今まで自分を受け入れてくれる人がなかったんや。だから相手の好意も信じられなかった。ずいぶん変わった」

「はい」

「君もようがんばったな」

「いえ、私は何も」

「そうやない。君は、山岡さんの態度に拘らず、明るく接するようになった」

早苗はうれしかった。自分なりの努力を大崎は見ていてくれたのだ。

「踊ってきます！」

早苗は立ち上がって、山岡の傍へ行き、一緒に踊りだした。心は今日の空のように日本晴れだった。

一区切りついたところで司会者が、「ここで生演奏をお願いします」と言って支援学校の二人を紹介した。

「こだま作業所のみなさん。今日はお誕生日おめでとうございます。支援学校のアイドル、森田となつみでーす」

拍手と笑いが起こる。

「いつも卒業生がお世話になっています。また、支援学校建設署名にご協力ありがとうございます。お礼の気持ちをこめて演奏します」

森田はギター、なつみはクラリネットを用意している。

「早苗、一緒にやろ」

呼ばれた早苗も、かねて用意のフルートを抱えて二人の傍らに並ぶ。

「みなさん歌ってください」と森田。

三人は「ハッピーバースデー」を即席で演奏し、会場は「ハッピーバースデーディアこだま」と唱和した。

司会者が進み出た。

郵 便 は が き

料金受取人払郵便

小石川局承認

7766

差出有効期間
2025年9月13
日まで
(切手不要)

1 1 2 - 8 7 9 0

1 0 1

東京都文京区水道2-10-9
板倉ビル2階

(株)本の泉社 行

1 1 2 8 7 9 0 101

フリガナ お名前	年齢　　歳 性別(男・女)
ご住所　〒 電話　(　　　)　FAX　(　　　)	
メールアドレス	
メールマガジンを希望しますか?(YES・NO)	

読者カード

■このたびは本の泉社の本をご購入いただき、誠にありがとうございます。

ご購入いただいた書名は何でしょうか。

(　　　　　　　　　　　　　　　　　　　　　　　　　　)

■ご意見・感想などお聞かせください。なお小社ウェブサイトでご紹介させていただく場合がありますので、匿名希望や差し障りのある方はその旨お書き添えください。

■ありがとうございました。

※ご記入いただいた個人情報は正当な目的のためにのみ使用いたします。

また、本の泉社ウェブサイト（http://honnoizumi.co.jp）では、刊行書（単行本・定期誌）の詳細な書誌情報と共に、新刊・おすすめ・お知らせのご案内も掲載しています。ぜひご利用ください。

「それではご一緒に私たち職員でテーマソング、『いい仕事がしたい』を歌います」
職員一同が並び、森田たちの伴奏でうたごえを響かせた。

くやしさがまんのこともある
なみだをこらえることもある
この道は峠道
まっこうから風が吹きおろしてくる
あなたの笑顔がぼくらの生きがい
信頼のきずなをつくろう
ささえて　ささえられて
いい仕事がしたい
ぼくらはこの町の福祉で働いている

歌声は青空へと響いて行った。

※「いい仕事がしたい」は佐伯洋さんの作詞です。引用させていただきました。

6 新たな朝

1

その日の朝、久保民子が目を覚ますと、部屋の中はすっかり明るくなっていた。窓の向こうには少しうすぼんやりと霞のかかった青空が見える。

慌てて枕もとの時計を見ると七時半を少し回っている。いつも傍らで寝ている夫はいない。

「もう、なんで起こしてくれへんの」

ぼやきながら寝室を出て階段を下りながら、はっと気づいた。もう自分は今日から出勤しなくていいのだ。

台所からは、いつものコーヒーの香りが漂ってくる。どんな気分の時も、新しい一日の背中を押してくれる頼もしい香りだ。

「おはようさん。やっと起きたか」

表で花に水をやっていた夫の誠一郎がリビングダイニングに入って来た。

「おはようさん。めっちゃ寝てしもた」

民子は、ソファに座り込んで、テレビをつけた。いつもは観られない朝ドラをやっている。これから毎日観ようかなと思いながら、テーブルの「しんぶん赤旗」にも目を通す。これまでは朝ゆっくり読むこともない日々だった。

民子は、定年より一年早く、三七年間勤めた大阪市立小学校を昨日退職した。今日からは一人の市民としての生活が待っているのだ。

「もう飯の用意できてるで。すぐ食べるか」

「ありがとう」

一年早く府立高校の事務職員を退職した夫は、精力的に家事をやってくれる。食事の用意は、八割方お任せだ。

着替えて食卓に座ると、ドカンとキャベツの細切りを盛った皿が置かれた。食事の最初にキャベツを食べると、肥満対策になるというのだ。

民子は少し肥満気味で、よく腰痛に見舞われる。もともとスポーツは好きで、水泳や山歩きもよくやっていたのだが、六年前に自転車で転倒して、肋骨や大腿部を骨折するという不運に見舞われ、全治してからも、体を動かすことが減ってしまった。運動不足と、夜遅く帰って食べる不規則な食生活のために、すっかり体重が増えてしまったのだ。

甘酢っぱいキャベツの後は、目玉焼き、トースト、コーヒーというおなじみの朝食だが、常に工夫を加えると自慢するだけあって夫の作る手料理はなかなかおいしい。いつもよりゆっくりとかみしめるように味わいながら食べていると。突然夫がつぶやくように言った。

「長いこと。お疲れさん」

「あ、どうも、ありがとさん」

「苦労したな。ほんまにようがんばった」

じっと自分を見ている夫と目が合うと、不意に涙が出てきた。

「ごめんな。泣かさんといて」

不意にこみ上げてくる思いがあった。

長い教員生活の中で、楽しかった思い出も、もちろん少なくはないが、それにも増してしんどかった日々の思い出が強く心を支配している。長かった講師時代。やっと採用されてから、荒れた学級での格闘。そして、大阪市では少数派の全大阪市教職員組合の役員となってからの新たな苦労。専従役員を退任し、残り二年となった教員生活で突然見舞われたコロナ禍との戦い。最後まで悪戦苦闘だった。

「それにしても、たいへんやったな。突然休校て無茶苦茶やで」

「うん。戦争やったわ」

いっせい休校の前日、担任していた四年二組の子どもたちが帰った後は、まるで嵐が過ぎ去った後みたいに物が散乱していて、しばらくは茫然とする思いだった。

次の日からも、子どものいない教室の一人一人のいすや机の上には、一年間の作品や残していった荷物が積まれたままだ。

「一人ひとりの子どもたちと、喋りたいことといっぱいあったんやけど」

民子は、ちょっと言葉を詰まらせた。

「元気でねと声かけるのが精いっぱいやったわ」

「あわただしいお別れやからな」

「うん。年度初めにみんなで考えたクラスの目標に、あの子らが描いたイラストを貼り付けて、黒板に貼ってきた」

「そうか。ええことしたな」

夫は何度もうなずきながら、聞いてくれた。

「職員室でのお別れはどうやった」

「うれしかった。とても一言では言われへんけど、みんなこんなにええ人やったんかと思った」

それは実感だった。予想していなかった花束を渡され、思わず涙が出る思いだった。

「どんなあいさつしたんや」

「うん……なんか夢中で喋ったけど、もう忘れた」

「そんなあほな。昨日のことやろ」

「うん。そやなあ。とにかくみんなにお礼言うて、教育現場はほんとに厳しいけど、団結すればきっと変わると信じています。これからも子どもたちのために、何よりも職員のみなさんが生き生きと働き続けることができるよう、団結していってください。まあ、そんなことや」

「やっぱりなあ。まるっきり管理職並みのあいさつや」

「ええ、ほんまに」

「民子先生らしいわ」

「どこがぁ。もう。すぐおちょくるんやから」

民子は昨日のことを振り返った。

ひと段落つけてからの、組合分会の人たちとのランチは、あわただしい中でも、心に残るひと時だった。

一年前、組合専従を降りてこの学校に来て以来、熱意をこめて組合加入を呼びかけ、加入してくれた若い人たちが三人いる。障がいを持った子を抱えて、子育てに苦労しているN子。作文教育のサークルに参加し、毎日遅くまでがんばっていたM子。講師時代に組合主催の勉強会に参加し、無事採用されたT男。彼らとは家族のような気持ちで付き合ってきた民子だった。

「まだ一年あるのに何で辞めるんですか」

「再任用で残ってほしい」「辞めないでほしい」

そんな言葉も、何度か繰り返されたが、民子は笑顔で首を横に振った。

「ごめんな。私、これからは新しい人生を歩いてみたいの。体調もだいぶガタが来てるし」

それは偽りのない民子の思いだった。退職したら何をしようか。やりたいことはいっぱいだ。図書館通いで読みたかった小説を読み、見たかったＤＶＤをレンタルする。ピアノを練習する。料理も工夫してつくりたい。夫の運転で、温泉巡りを楽しみたい。

もしかしたら、人生で今が一番幸せなときかもしれない。

コーヒーを飲みながら、そんなことを夫に話していると、さりげなく言った。

「やっと専業主婦が来てくれるな」

「え？」

一瞬民子は言葉に詰まった。実のところ、頭から飛んでいたのだ。確かにこの一年間は、夫に頼り切っていた。しかし、今の自分はほっとしたい気持ちでいっぱいなのだ。

「そら、やらなあかんかなあ」

これから、家事は何でもがんばらないといけないだろう。料理も工夫して作らないといけないだろう。当然だ。

「冗談や。まあ、ゆっくり休んでくれ」

夫は立ち上がって、食器を片付け始めた。

「私、表の掃除してくるわ」

昨日から、家の前に白木蓮の花びらが散乱しているのが気になっていたのだ。

民子が「旅立ちの花」と呼んでいる、我が家の白木蓮は、毎年、卒業式の頃満開となり、ふっくらとした白い花が遠目にも鮮やかだ。惜しむらくは、すぐに花の茎から茶褐色に変色し、次々と散っていく。ほんとに短い命だと思う。

民子は箒とちり取りをもって掃除を始めた。道路にぺたりと貼りついた花弁がなかなか取れにくい。いっそ手でつまんだ方が早いと思いながら掃いていると、「おはようさん」と後ろから声をかけられた。いつもしんぶん赤旗の集金に訪れる、谷本という女性だ。もう七〇代だろうか。物腰は柔らかいが、芯の強さと粘り強さを感じさせる人だ。

「先生、朝からお掃除ですか。ご苦労さんです」

「はい。ずいぶん花が散らかったので」

「きれいに咲いてましたね。すてきな花やね」

「ありがとうございます。あ、新聞代払っときましょか」

「そうですか。えらいすみません。領収書、また持ってきます」

谷本は人懐っこい笑顔を見せて、頭を下げた。

「今日は学校お休みですか」

「いえ、私退職したんです。一年早く」

「ええ？　ほんまに。まだお若いのに」

「またまたそんな、ほんまのことを」

二人は笑いあった。

「よかったら、お茶でもどうですか」

「いえ、そんな。ありがとうございます。行くとこがありますんで」

谷本は、ちょっと間を置いて民子をじっと見た。

「先生、長い間お疲れさまでした。これから、今まで以上に、お世話になることもあると思いますが、よろしくお願いします」

もうがんばり続ける生活はしたくない。また何かでがんばる時が来るとしても、当分は休みたい。何か言われても断ろう。そう心に決めている民子だった。

去っていく谷本の背中を見ている民子の耳に夫の声が聞こえてきた。

「やっと専業主婦が来てくれるな」

思えばこの一年、夫も無理してがんばってくれていたのだろう。

それは、少し重い響きで、民子の心をざわつかせた。

2

それから一週間、民子は、これまでになかったようなゆったりした気持ちの日々を過ごした。まるで毎日大好きな温泉に浸かっているような気分だった。

「なあ、今夜は何が食べたい」

そんなことを言いながら台所に立つ民子を夫は、笑顔で見ていた。

そんなある日の夕方、民子が夕食の支度にとりかかっていると、インターホンが鳴った。

玄関に出ると、谷本の傍らに若い女性がいる。

「こんにちは、渡会です。いつもお世話になります」

なんとそれは、共産党の地元衆議院選挙区予定候補、渡会由紀だった。民子も教職員の後援会で何度か顔を合わせている。今日は、この近所を訪問しているのだろうか。

「久保先生。今日は折り入ってお願いがあって伺いました」

改まった口調で谷本が頭を下げた。

お願いとは何だろう。

「どうぞ上がってください」

二人をリビングに迎え入れ、民子はお茶をすすめた。

「先生、ほんとにお疲れさまでした」

渡会が人懐っこい笑顔を見せた。

「私の母も教員でしたから、お仕事の大変さはよくわかるつもりです。特にこの大阪は維新がひどい教育政策すすめてるから」

その通りだ。民子が何か言おうとした時、谷本が言葉を挟んだ。

「ですよね。それなのに、維新で教育がようなったと思ってはる人が結構多いんですよ。読者の中にもいてはるんです」

確かに、維新の宣伝は巧みだ。身を切る改革。大阪の成長を止めるな。そんな言葉に共感している人は少なくないだろう。だから去年のダブル選挙でも、市長と知事を入れ替えるという荒業をやってのけたのだ。

　お茶を飲みながら、ひとしきりそんな話が弾んだ後、谷本が本題に入った。

「先生、由紀ちゃんファンクラブのことはご存知ですよね」

「はい。渡会さんの個人後援会ですね」

　共産党は、各地域・職場に単位後援会を作って活動している。が、それとは別に、候補者個人を応援する後援会も認めている。

「もう少し、会をしっかりと継続できるように。事務局を強化したいんです。先生にぜひ加わっていただきたいんですが」

「ええ、私が」

「はい。できれば事務局長として」

「待ってください。私は、この地域の様子も、みなさん方のこともよく知らないんです。何しろ寝に帰るような毎日でしたから。事務局長なんかとても」

「ごもっともです」

　渡会がうなずきながら言葉を挟んだ。

「事務局長というのはさておき、先生の知恵を貸していただけませんか。ニュースづくりや、ネットでの活動など」

「みなさん、そういうの苦手やから」

谷本も熱心に勧める。

「はあ、そしたら、まあお手伝いくらいは」

渡会にまで足を運ばれては断れない。結局口説き落とされた格好になった。

その晩民子は一人で考えた。まあ、少しくらいの協力は仕方ないだろう。だが、絶対無理はしないぞ。しんどくなるようなことはしないぞと。


それから、しばらくして、事務局の集まりが持たれ、何かイベントをやろうということで、トークセッションが計画された。

会の名称は、「ジョイナスのつどい」となった。［みんなで変えようよ、集まろうよ］という意味をこめた名称だ。

参加者は、期待した数には届かなかったが、若い人もけっこうたくさん来てくれて、楽しい雰囲気の会となった。

民子は、開会前からピアノ演奏で、雰囲気をもり上げる役割を受け持った。

「先生、ピアノお上手やね。プロ級やで」

「先生、今度コンサート開こ」

「もう先生て言うのやめてください。私、一市民のおばちゃんです」

民子は、まんざらでもない顔でそう言いながら、ピアノくらいで喜ばれるのなら、お付き合いできるとおもった。

それから、民子と地域の係わりは少しずつ変化していった。近所での「政治とくらしを語るつどい」に参加したり、「百枚くらいなら」と住吉区選出の井坂市議ニュースの地域配布を手伝ったりした。

そんな民子を、夫は少し心配げに見ているようだった。子どもに恵まれなかった民子夫婦の関係は、時に父と娘のようになったりするのだ。

「次のジョイナスは決まったんか」

「まだやねん」

「やっぱりコロナのせいか」

「うん。場所の問題もあるし、無理せんという感じ」

「そやなあ。ぼくとこも、いろいろ中止してるからなあ。まあ無理せんこっちゃ」

夫は、退職教職員の会の役員や、年金者組合の役員を務めているが、総会なども延期されたりしているそうだ。

「とにかく、コロナを収束させなあかん。もっとＰＣＲ検査を拡充したらええんやけど、保健所が一つではなあ」

大阪市では、維新市政の下で保健所は一つにされ、民子たちのなじみ深い市民病院も、府立病院との二重行政解消ということで廃止された。今、その付けが回ってきたのだ。

「ほんまに、維新のせいでコロナに負けてるわ」

民子は腹立たしかった。

「そんな状態やのに、例の住民投票は何でもやるつもりやで」

夫は、退職教職員の関係で、「大阪市をよくする会」や「明るい大阪をつくる会」などの民主的な共闘組織にもちょくちょく出かけている。情報が早い。

そもそも大阪市をなくしてしまう、いわゆる「都構想」は二〇一五年に住民投票で否決され、当時の橋下市長は政界を引退することになった。もはや決着済みの問題なのだ。ところが、その後の市長・知事選挙で勝った維新は、「民意はまた住民投票をやれと言っている」などと主張し、またぞろ住民投票をやろうとしているのだ。

「ほんまに、あいつら勝つまでじゃんけんや。やることがせこいわ」

民子は腹立たしかった。今は、みんながコロナで力を合わせなければならない時なのに、市民を分断し、無駄な税金とエネルギーを使う住民投票など、誰が考えてもおかしい。

「この地域では、住民投票の反対宣伝とかやってるんかな」

「そう言えば」

ゴールデンウィーク序盤の土曜日、近くの沢町公園で地元の井坂市議を中心に住民投票に向けた街角トークをやると、谷本から案内を受けている。そこまで出ていくつもりはなかったのだが、谷本の熱心な誘いに負けた格好で、夫にも付き合ってもらい、そこへ出かけることにした。

3

沢町公園は、南海電車沢町駅に近くにあり、民商のお祭りなども行われる広い公園だ。土曜日の午後一時半、日はうららかで、風もやさしい。普段なら、家族連れで遊んだり語らったりしている人たちでいっぱいだが、コロナ禍の下で人出は幾分少ないようだ。物を食べている人もほとんどいない。

影響を受けないのは植物だけなのだろうか。つつじが今を盛りと燃え立つように咲き誇っている。桜が散って、出番が来たハナミズキの白い花も存在をアピールしているようだ。

民子と夫は、井坂市議やスタッフの人たちとあいさつを交わし、みんなの着ている渡会由紀の写真入りTシャツを分けてもらった。Mサイズでは少しきついが、何とか着こむ。

ほどなく、井坂市議のあいさつが始まった。

「みなさん。こんにちは。日本共産党市会議員をさせていただいている井坂博之でございます。コロナ禍の下で、日々の暮らしも、お仕事も大変だと思います。何かお困りのことがありましたら、ご遠慮なく、井坂までお電話下さい」

井坂の声はよく通る。公園にいた人が、一人、二人と集まってきた。ベンチに掛けたまま、話を聞いている人もいる。前もってトークのあることを知っていた地域の活動家数人を含め、二〇人くらいの人が集まってきた。

「みなさん。今、市政に求められているのは、コロナと真剣に向き合い、市民の命と暮らしを守るために、全力を尽くすことではないでしょうか。ところが、維新市政は、そんなことをそっちのけで、この秋、十一月に大阪市をなくすための住民投票をやろうとしているのです。既に一度住民投票できっぱりと反対が決まったことをまた蒸し返す、そんなことは許されません」

拍手が起こった。スタッフの一人が、もっと広範囲に聞こえるようにと、マイクのボリュームを上げようとしたが、井坂はそれを止めた。

「これは対話集会ですから、ここに集まっていただいた方に聞こえるようにしてやりましょう」

井坂は、住民投票の問題点を手短に話し、質問や意見を求めた。

「どうぞみなさん。なんでも結構ですから、ご意見やご質問をお話しください。ご遠慮なくどうぞ」

スタッフがワイヤレスマイクを持って近づく。「どうですか」とマイクを向けられた若い女性が請われるままにしゃべり出した。

「私、今、住民投票するのがええかどうかは、わかりませんけど、二重行政なくすいうのはええことやと思います。それで無駄がなくなって、大阪が発展するんやったら、ええことかなと思うんですけど。なんで反対されるのか、理由を聞きたいです」

「ありがとうございます。他にご意見はどうですか」

井坂は、すぐに答えず、参加者からの意見を求めた。つぶやきは聞こえるのだが、なかなか手は上がらない。みんなは遠慮している。民子は思い切って手を挙げた。今の発言に強い反発心が湧いてきたのだ。

「あの、私は、住之江区に住んでいましたが、私も、私の母も、住之江区にある住吉市民病院で、何度もお世話になりました。それが、住吉区に府立病院があるから、二重行政の無駄や言うて廃止されたんです。住之江区の医師会もこぞって反対したし、なくさんといてほしいという区民の署名も過半数集まりました。それをつぶしてしもたんです。そんなん二重行政ですか！」

民子はしゃべっているうちに、怒りで声が上ずってきた。

「今コロナの下で、病院がいくつあっても足らん状態やのに、そんなん政治のやることですか！　二重行政の無駄いうのは、ほとんどうそばっかしです。橋下元市長は、幼稚園も、学校もつぶしまくって……」

夫が両手で、短くしろとサインを送っている。そうか。あんまりしゃべりすぎたらいけないと思い、民子は発言を終えた。

「ありがとうございます。二重行政の無駄をなくすと言いながら、市民の大事な施設をなくしてはいけませんね。府立図書館と市立図書館。府立体育館と市立体育館。どっちも私たち市民の大事な施設です。そのことをわかってほしいですね」

井坂が話を引き取り、発言が続いた。ほとんどが、維新に反対する立場だったが、中で、一人の男性が発言を求めた。

「わしな、ぶっちゃけた話、共産党と聞くだけで嫌なんやけどな。今度の都構想いうのはあれはサギやで。都言うたら、日本で一つしかできへんのや。大阪都言うのは、ありえへん。そやから、やるだけ無駄や」

そう言い捨てて、男は去っていった。

いろいろな人がいる。反共の人の意見も聞けるのは、いいことなのだろう。

それにしても、公務員の楔から解き放されて、こうして自由にものが言えるのは、うれしい。いつの間にかそんな気持ちになっている自分に気づき、はっとする民子だった。

家路についた民子が、夕食の用意をしていると、電話が鳴った。弟の健一からだった。

「姉ちゃん。元気にしてるか」

「うん。あんたも」

「ちょっと話があるんや。今晩そっちへ行ってもええか」

「うん。一人で来るんか」

「ああ」

なんとなく重たい声の響きだ。何かあったのだろうか。

弟は、民子の生まれ育った住之江区南港の実家に住んでいる。何度か転職したが、今では、地域の電気屋さんで働いている。妻の香苗さんは、T病院の事務職員でがんばって夫を支えてきた。大学生となった息子の英樹は京都で寮生活を送り、今は妻と母親の三人暮らしだ。転職を繰り返し、不安定な家庭を送ってきた弟のことを、民子は温かく見守ってきた。あの子は本当にやりたいことが見つからないのだ。人生は真面目に考えているはずだと。そんな弟も、今の仕事はかなり気に入っているようだ。こまめに地域の電気修理に気軽に走り、パソコンの使い方をコーチしたりもしている。店主にも頼りにされているようだ。

母の光江は、今年で八三才になる。長年ピアノ教室を開き、敬虔なクリスチャンでもあった。夫が五〇代で急逝してから、しっかりと家庭を支え、民子の良き相談相手でもあった。今も、ピアノのレッスンを欠かさず、元気で暮らしている。

今夜は夫の帰りが遅い。何があったのだろう。民子は落ち着かない夕食を済ませた。

4

八時ごろ、弟は車でやってきた。夫が車で出ているので、とりあえず駐車スペースは大丈夫だ。

「ごめんな。突然こんな時間に」

「何言うてんの。車やからビールはあかんな」

民子は、ノンアルコールビールと、カマンベールチーズをすすめた。

「あ、言うとくけど家の中は禁煙やで」

「わかってる。おれもうやめてるわ」

ノンアルビールを半分ほど飲んだ弟は、改まった口調で切り出した。

「助けてほしいんや。姉ちゃんに」

「何があったん」

弟は、しばらく黙っていた。

「退職して、ほっとしてるとこ、悪いんやけどな。おかんのことや」

「お母さんどないかしたん」

「……どうやら認知や」

「ええ！」

弟の話によると、一月ほど前から様子がおかしくなったそうだ。

「最初におかしいと思ったのは、曜日がわからなくなってきたこと。それから、次々とおかしなことを言うようになって。昼ご飯を食べたのも忘れたりするようになったんや」

「ええ！　そうなんや」

母はいつ行っても元気でよくしゃべるし、ピアノも毎日のように弾いていた。そんな状態になっているとは全く予想もしなかったのだ。

「もっとはよ教えてほしかったわ」

それは民子の率直な思いだった。幼いころから、母には甘え、ある時は生き方をめぐってぶつかり合い、心配もかけた。だが、今では誰よりも心の通い合う大切な母なのだ。それなのに、ここしばらく、電話もしていなかったことが申し訳なかった。

「あんたらに甘えてたわ。ごめんな」

民子は素直に頭を下げた。

「いや、そんなことないけど、……いろいろ介助も必要になって来たし、もう、一人で家に置いとかれへんと思ってな」

弟は次のように説明した。

「土、日は香苗が面倒みる言うてるし、おれが、土、日がんばる代わりに二日間休みをもらう。だから、姉ちゃんに週三日間来てもらいたいんや。香苗も、早めに勤務終わらせてもらって、夕方には帰ってもらうようにするわ」

その程度の協力ならできる。夫ももちろん異存はないだろう。できる限り母の傍にいてやりたい。民子はうなずいた。

「わかった。月、水、金と行くわ」

「そうか。ありがとう」

弟は、ノンアルコールビールをぐっと飲み干した。

「ところで姉ちゃん、今は毎日どうしてるんや。相変わらず、あれやこれやと活動してるんか」

「別に大したことしてないよ。ただ、住民投票だけはちょっと気になるけど」

「やっぱりそれか」

弟はちょっと苦笑して、つぶやくように言った。

「この件では、おれは姉ちゃんらに反対や」

「どういうこと」

「おれは、都構想賛成や。はよやってほしいと思てる」

ちょっと意外だった。弟はずっとノンポリと言っているが、選挙になれば共産党に投票してくれてると思っていたし、当然、今度の投票も反対だろうと思っていたのだ。

「なんでそう思うの」

「言うてもしゃあないやろ。姉ちゃんと議論したらいっつも言い負かされたし」

「そんなん言わんと、意見聞かせて」

弟はしばらく黙っていた。

「姉ちゃんら、維新を目の敵にしすぎるんと違うか。最大の敵は自民党やろ」

「国政ではそうやけど、大阪では維新が一番悪い」

「そない言うけど、おれは橋下さん、市長になってよかった思てるよ。おれの連れも大体そういう意見や。だから市長でも知事でも選挙で維新が勝つんや」

民子はちょっと戸惑った。もちろん反論はいくつもある。しかし、今は弟の意見を聞くことが大事だ。それを知ることが大切だ。

「わかった。どんなところがよかったのか、詳しく教えて」

民子は教えてといった。

「姉ちゃんらは教員やったから、いろいろ不満あるやろけどな。やっぱし公務員は恵まれてるで。おれらから見るとな」

「そうなんや」

「倒産せえへんし、リストラかてないし、年休は保障されてるし、ボーナスもそこそこもらえてるやろ。退職金も、年金もばっちりやんか」

やはり公務員敵論か。こうやって分断されているのだ。

「維新になって、身を切る改革いうて、教育にお金かけてくれたやんか」

「教育にお金かけてるか？」

「英樹の塾代も援助あったし、私学無償化でほんま助かったで」

「そういう面はたしかにあるね。けど、教育予算全体では増えてないで」

「親の立場から見たら大満足や」

直接利益のあった弟夫婦にとっては、それが実感なのだろう。

「二重行政の無駄を削るいうのも当然やで。一元化したらええんや」

「そんなん言うて、市立病院つぶされたんやで」

「つぶした言うけど、民間が来たら、また病院復活するやんか」

「どこも来ないって。民間は利益上げなあかんから」

「上げたらええやん」

民子は、改めて思った。弟のような考えが一般的に広がっているのは確かだろう。だから維新は住民投票に絶対の自信をもって仕掛けてきたに違いない。しかも、前回反対した公明党が今度は維新に従っているのだ。それをいかにして打ち破るか。改めて、厳しい現実を突きつけられた思いだった。

弟が帰ったのと入れ違いに夫が帰ってきた。

「そら、大変やな。お母さんとこ行くんやったら、家のことはちゃんとやるから、せいぜい気張ったり」

「ありがとう」

手のかからない夫で助かる。母のことを少し話し合ったのち、民子は弟の意見を説明した。

「な、どう思う」

「健一君、君に意見を聞いてもらいたかったんとちゃうかな。おれはこう思うと」

「そやろか。なんとなく、そんな話になったんやけど」

「いや、かなりしっかり意見持ってる」

「意外やったわ」

思えば、自分は弟に対してあまりにも上からものを言いすぎていたかもしれない。何かにつけて自分の言うことには賛成してくれたし、時に反対する時があっても、最後は納得していた姿が思い出された。だが、それは、うわべだけで、本当は言いたいことを一杯抱えてきたのではないだろうか。

「私、あの子に悪いことしてたんかな。なんかそんな気がしてきた」

「まあ、そこまで深刻に考えんでもええやろけど」

夫はしばらく考えてからこう言った。

「やはり、今、反維新の主張が、感情的に流れてるんと違うかな。維新をボロカスに言うんやのうて、きちんと事実を語ることが必要なんや」

「そうしてるんと違う」

「いや、市民の多くは、ぼくらが維新はあかんと決めつけてると思ってる。世論調査でもまだかなり負けてるしな」

そうかもしれない。民子は、教員生活を通じて、維新に対する怒りが体にしみ込んでいる。しかし、それは立場の違う人にとっては遠い感情かもしれないのだ。

「退教で、今度、富岡教授いう人呼んで、都構想の学習会開くんや。絶対来てくれ言われてるから顔出すけど」

「ご苦労さん」

民子は、再び母に思いをはせた。今はそのことが頭を占めていた。

5

それから間もなく、五月半ばを過ぎたところで大阪での緊急事態宣言は解除され、休校していた学校も再開された。しかし、コロナが完全に収まったわけではなく、マスクや手洗いを欠かすことはできず、緊張感を持ったままの生活が続いた。多くの集会やイベントも中止され、公共施設の使用もできないところが多かった。

夫の言う退教の学習会は、八月末に延期され、民子は母の介護に明け暮れる日々が続いた。食事の世話、入浴、おしゃれ好きな母の着替えの手伝いなどが主な仕事だ。母は紙パンツをはいているが、自分でトイレに行こうとがんばっている。だが、間に合わず失敗した時は、その処理と履き替えが必要になる。さらにトイレの中が大便まみれになっていたり、本人がまみれていたりすることもあって、その時はきれいに拭いてやらないといけない。こけたときには、抱きかかえられず、二人で床に座り込んだ時もあった。

「ごめん。大丈夫か」

反省しながら、民子は思った。当然ながら物理的な介護だけでなく、精神的な励ましも必要だろう。好きな歌を歌う機会をつくることに努めてみよう、ピアノを弾きながら一緒に歌うのもいいかもしれない。

時には散歩に連れ出して、公園で一緒に歌ったりもした。母は讃美歌が得意で、歌詞もよく覚えている。きれいなソプラノで歌っている立ち姿は、凛としていて認知症とは思えないくらいだった。そんな母の傍らで民子は、なぜかしら涙ぐんでしまうのだった。

そんな日々を過ごしながらいつしか季節は巡って、夏が行こうとしていた。コロナ禍はなかなか収束しないが、維新市政が住民投票をやめる兆しはない。しばらく母の介護に夢中で、それ以外の諸活動には目をつぶってきたが、いやおうなしに決戦の時はやってくる。介護は続けながら、自分もできることは何かしなくてはならない。いつしかそう思えるようになった民子だった。

八月最後の土曜日、気分転換の気持ちで、民子は夫とともに退教の学習会に出かけた。会場の福祉会館は三密を避けて、椅子に紙が貼られている。

二人は受付で検温を済ませ、手を消毒して、やや後ろの席に座った。

「座っとっていいの。役割はないの」

「今日は学習担当がやってくれてるからな。まあ、ゆっくり話を聞かせてもらうわ」

そう言った口の先から、夫はすぐ立ち上がり、ロビーで参加者としゃべりだした。民子は座ったまま資料に目を通していた。パワーポイントの画面と同じものが印刷されている。さすがに丁寧な資料だと感心しながら見ているうちに、開会となった。

永田会長のあいさつに続いて富岡教授が講演に立った。富岡氏は、「コロナ下のフィルターを通して見える社会を語ります」と豊富なパワーポイント資料を駆使して、わかりやすく話を展開して行く。あの橋下氏も自己批判せざるを得なかったように、二八〇万都市大阪で、保健所が一か所しかない医療体制の脆弱さを指摘し、届かぬ給付金、イソジンが有効というウソ、感染を防げない雨合羽集め、十三病院の悲劇的な困難など、維新の対応の問題点を次々と告発した。

民子は思った。こんなに問題点だらけなのに、なぜ彼らは人気があるのか。マスコミはなぜ彼らを持ち上げるのか。怒りがわいてくる。

富岡氏は論を進め、「都構想」の本質は、橋下氏が本音を漏らしたように「大阪市から権限とお金をむしり取ることであり、特別区は、中核都市並みの人口でありながら、区役所もない離島並みの街となります」とズバリ指摘した。まさにその通りだ。

富岡氏の口調が変わった。

「維新は、組織戦にたけています。みなさん。選挙の時、維新から電話かかってきたことがありますか。ある方はちょっと挙手してください」

手は上がらない。誰もいないのだ。

「おられませんね。退教会員と分かっている人に電話する必要がないんですよ。無差別ではなく、独自の電話名簿を整備しているんです。彼らの集票マシーンとどうたたかうかが問題なのです」

民子は改めて思った。維新は風頼みの党ではない。強い組織に支えられているのだ。住民投票の勝利も決して容易ではないのだ。

富岡氏は言葉を続けた。

「と言っても彼らの集票力にも壁があります。選挙では勝ったが、住民投票では負けたのはなぜか。選挙に行かない人も幅広く住民投票に参加してくれたからです。市民に広く訴え、投票率を上げることが、住民投票での勝利のカギです。ご一緒にがんばりましょう」

大きな拍手が会場を包んだ。民子も拍手を送りながら、心に期するものがあった。何かしら火が付いたのだ。


その晩、弟から電話がかかってきた。

「姉ちゃん、すまん。土曜日も助けてほしいんや」

切羽詰まった響きだった。

「ええ、どないしたん」

「香苗が、土曜日も勤務してくれいうことになったんや。なんせ病院は猫の手も借りたい言うてるし、断られへんみたいでな」

確かにそうだろう。コロナ禍で病院はどこも大変だ。それはわかる。しかし、土曜日も拘束されると、ますます動けなくなる。少し黙っている民子に、弟の声が響いた。

「助けてえや！」

「わかった。行く」

そう答えて、民子は思わず電話を切っていた。これ以上話すと愚痴が出て、言い合いになるような気がしたのだ。

風呂上がりの夫が声をかけてきた。

「なんかあったんか」

「うん。健一から電話」

民子の話を聞いて、夫は即座に言った。

「もう、家へ来てもらったらどうや。都合のつく日は、健一君らにも来てもろて」

「そう言うてくれるのは、ほんとうれしいけど、ちょっとそこまでは」

それはかなり夫に負担をかけることになるだろう。予想がつく。

「それか、もう我々だけでは無理となったら、介護施設を考えるか、ヘルパーさんに来てもらうか」

「うん。そういう日も来るかわからんけど、今、母は私らといるのが幸せやと思うし」

二人は、少し飲みながらあれこれと語り合った。しかし、民子の気持ちは変わらなかった。できる限り母と一緒にいてやろうという思いだった。

6

翌日から民子は、決意を固めた。母の介護が毎日になったとしても、夜がある。夜だけは自分の時間と決めて、ゆっくりお酒を飲んで、音楽を聴いたりテレビを見たりしているのをあきらめ、夜に活動する。

そんな気持ちになった自分が、我ながら不思議だった。もう気楽な人生を送るつもりだったのに、なぜこんな気持ちになるのだろう。

おそらくそれは、積もり積もった維新政治への怒りだった。

何ができるだろうか。電話をかける。手紙を書く。日曜日だけは街頭に出る。人に言われてするのではない。義務感ではない。自分がそうしたいからするのだ。そう心に誓って、民子は行動を開始した。

まず、大阪市内在住の知人、元同僚、そして教え子などに手紙を書いた。「大阪市をよくする会」などではがきが作られていたが、それと合わせて、手書きで手紙も書くことにしたのだ。時には深夜まで書くこともあったが、毎晩三通を目標に書き続けた。

母の家に行かなくてよい火、木曜には電話もかけた。名簿は谷本から渡されたテレデータを使用し、二十軒を目標に対話した。

民子は電話かけには思い出がある。教職員が政治活動することにはずいぶん制限がある中で、選挙の時に電話で支持を訴えるということは貴重な活動だった。かつて骨折で住吉市民病院に入院した時には、病室から支持拡大の電話をかけまくり、仲間内でのレジェンドとなったことがある。

そんなことも思い出しながら、民子は電話をかけ続けた。

電話に出てくれる人は高齢者が多い。ガチャンと切る人はあまりいない。自分の方から一杯しゃべってくれる人もいる。

民子はまず「もうすぐ住民投票がありますが、ご存知ですか」と切り出し、知らないという人には、都構想という言葉を使わず、「大阪市をなくしていいかどうかという住民投票があるんです」と訴えた。

「四年前にも住民投票があって、大阪市なくしたらあかんという意見が多数だったんですけど、また同じことを蒸し返してこのコロナでたいへんな時に住民投票する言うんです」

このあたりで同調してくれる人もいるが、「ようわからん」という人がいる。「二重行政なくすのはええことや」という人もいる。「わしは吉村知事さん好きや」という人もいる。民子は、そんな相手にはできるだけ「どうしてですか。教えてください」と尋ねて、相手の言うことを聞くように努めた。こちらの言いたいことをぐっと抑えて、聞くことが大事なのだということは、経験済みの教訓だった。

日曜日には、沢町の共産党事務所を訪ね、谷本らとともに、ハンドマイクやプラスターをかついで、音の出る宣伝に出かけることにしている。府下から応援に来てくれた人たちと一緒に、四人ほどでチームを作り、公園や街角で訴えるのだ。

そんな風に変貌してしまった民子を見て、夫は少し心配げだった。

「もう無理すんなよ。また腰でも痛めたら、大変やからなあ」

「うん、気いつけるよ」

今日は民子と谷本のほかに応援に来てくれた斎藤という男性と三人でチームを組んで出か

けることになった。斎藤は元民間企業に勤めていたが、民子と同じように退職し、地域で活動しているそうだ。がっちりした体格で頼もしそうな風貌の人である。マイクも率先してかついでくれた。民子は共産党も参加している「大阪市をよくする会」のプラスターを首から吊るした。谷本はビラを抱えている。

行先の指示は谷本がする。

「今日はあびこ筋を中心に、南の方へ行きましょう」

三人は事務所に面したあびこ筋を少し歩き、南海電車の踏切を渡って少しわき道に入ったところで宣伝を始めることにした。古い民家と小さなマンションが入り混じっている。足元を猫が駆け抜けていった。

「三人順番にしゃべりましょう」

斎藤の勧めで最初に谷本がマイクを握った。

「ご近所のみなさん。ご通行中のみなさん。大きなマイクでお騒がせします。私たちは『大阪市をよくする会』・住吉連絡会でございます」

ここまで谷本が喋った時、公明党のポスターを貼った向かいの家の二階から男が顔をのぞかせた。

「やかましい、ここで宣伝するのやめてくれ」

あからさまな妨害だがやむを得ない。三人は場所を移動して、小さな空き地のあるところで訴えを行った。民子は「よくする会」のビラを周囲の家に投函しながら、通行人に声をかける。

「大阪市をよくする会」です。ぜひ読んでください。大阪市を守りましょう」

受け取りはよい。「がんばって」「ご苦労さん」と声をかけてくれる人もいる。民子の気持ちは次第に弾んできた。

場所を移動し、小さな公園前に出たところで、今度は斎藤が訴える番となった。親子連れや遊んでいる子がいる。

「ご町内のみなさん。こんにちは。大阪市がなくなるて、えらいことですよね。なくなったら困りますよね。大阪都構想たら二重行政なくすたら言うけど、あれはうそばっかしですよ」

斎藤は演説に慣れているようだ。原稿も見ずによどみなくしゃべっている。谷本は傍らで通行人にビラを配り始めた。民子は、公園の中に入り、ベンチにいる若い女性にビラを渡すと、受け取って見ていた女性は民子に話しかけてきた。

「大阪市が特別区になったらいけませんか。私、去年まで東京の世田谷区にいたんですけど、特に不利なことがあると思いませんでしたよ」

斎藤の演説をとらえた意外な反論だった。民子はちょっと戸惑いながら、「東京は大阪と違って、財力があるから、そう思うのではないですか」と答え、あなたは学生さんですかと尋ねた。うなずく女性に、大阪では二重行政をなくすということで、病院や大学が統合されていることを話すと、女性はそれを遮った。

「市大と府大の統合はいいことだと思います。それによって研究が充実するならむしろいいことでしょう」

これも意外な言葉だった。反論できなくはないが、たぶん平行線だろう。民子は、説得する言葉を失い、ありがとうと言ってその場を離れた。

谷本も、通りすがりの若い男性と話し込んでいる。民子が傍へ行くと、男性は少し語気を強めて言った。

「大阪市はもっと発展せなあかん。ぼくは十年後、二十年後の大阪に賭ける」

思わず民子は言った。

「どういうことが発展するんですか。商売繁盛ですか。医療や教育ですか」

男性は民子を見て言った。

「そんなことはわからん。けど今のままではあかん。だから何かやってくれる維新に賭けるんや」

そう言い捨てて男性は去っていった。

何かやってくれる。それがどんなことかもわからずに支持するのか。それで納得できるのだろうか。

民子は改めて思った。自分たちの知らない様々な考えの人がいる。もちろん無関心の人もいるが、自分なりの考えを持っている人もいる。弟もその一人だ。もっと勉強しなければならない。もっと話し込まなければいけないのだ。


その晩、民子は夫と語り合った。

「お疲れさん。ええ経験したやん」

「まあな。けど疲れたわ」

「無理すんなよ。ちょっと飲むか」

夫は冷蔵庫から缶酎ハイと、好物のカマンベールチーズを取り出した。

「退教は、もっぱら上六と鶴橋の『お帰りなさい宣伝』やってるらしいけどな。しゃべるの好きな人がようけおるから、楽しい言うてたわ」

「けど、それって自己満足に終わってない」

「手厳しいこと言うな」

夫は苦笑した。民子も、しゃべるのは嫌いではない。しかし、自分の言葉が、本当に聞く人に納得されているのだろうか。また、一方的な演説してるわ、と思われていないだろうか。維新憎しでしゃべってると思われていないだろうか。

「それは大事なことやな」

夫はうなずいた。

「伝えるだけではあかんのと違う。一方通行やのうて、相手の言い分を聞いて、対話もして、変わってもらわな」

夫はうなずいた。

「おっしゃる通りでございます。その方針でがんばってください」

「何それ、おちょくってるやろ」

民子はほっぺたを膨らませて夫をにらんだ。時々こういう言い方をされるのだ。

「いや、ほんまにその通りや思てるよ」

「はいはい」

酎ハイをぐっと飲みながら、気分は酔えなかった。今日対話した相手に、どう言えばわかってもらえただろうと考え続けていた。

7

翌日、夜の七時から、民子は地域の人たちと、地下鉄長井駅で「お帰りなさい宣伝」に参加した。マイクでの訴えはやめ、一人ひとりに「お帰りなさい。お疲れさんでした」とあいさつしながらビラを手渡すのだ。

地下鉄の階段を上がってくる人たちは、重い足取りが目立つ。民子は思った。現役時代にビラを配っていた時も、働く人たちに連帯してきたつもりだったが、退職して一般市民となった今、一日の労働を終えて帰途についている人たちが、何と疲れ切っていることだろう。競争と管理の社会の中で、懸命に働き家族を守っている姿が胸に堪える思いだった。

「本当に、一日お疲れ様。」

民子は心をこめてビラを差し出し続けた。

それからの一週間は足早に過ぎた。民子は、母の介護が終わると飛んで帰り、ほっと一息入れたい気持ちを抑えて、事務所に出かけた。

地域のお帰りなさい宣伝に参加したり、ニュースの配布を手伝ったりしながら、懸命に電話をかけた。食事は完全に手抜きとなり、レトルトの食品が多くなった。牛丼、カレーの類や、電子レンジでチンとするだけのハンバーグの厄介になり、家の中もだんだん散らかってきた。

二人の生活は、完全に現役時代の年度末と化していた。

投票日まで一週間を切った月曜日、新聞を読んでいた夫が興奮気味に言った。

「おい、この記事見てみ」

それは毎日新聞の記事だった。

「大阪市四分割ならコスト二一八億円増」という文字が飛び込んできた。

「これは、市当局の試算が出たんや。こっちが勝手に推測してるんと違うで」

「そうなんや」

「これではっきり言えることは、大阪市をなくして四つの特別区に分けたら、初めからコストを背負ういうことや。住民サービスはよりよくなりますという維新の宣伝はうそやいうことがはっきりした」

いつになくハイテンションの夫が頼もしく見えた。このことを、今度行った時、弟に話してみよう。もしかしたら考えを変えてくれるかもしれない。夫もうなずいた。

翌々日、民子は、少し早めに帰宅した弟と語り合った。

「姉ちゃん、毎日無理してるんと違うか」

「別に」

「顔に疲れが貼りついてるで」

「そうかな」

「腰はどう。大丈夫か」

「まあまあや。おかあさん軽なったし」

確かにこのところがんばってはいるが、現役時代を思えば、何ほどのこともない。毎日ちゃんと寝ているし。定時に食事もしている。

「すまん思てるよ。おかんの世話で姉ちゃんの時間縛ってるからな」

「それは子どもとして当然やから、あんたが気にせんでええよ。香苗さんにこそ負担かけて申し訳ない思てるんやからな」

二人はうなずきあった。気持ちはお互いにわかっている。

「今日はなんか話があるんか」

「うん。この記事見て」

民子は毎日新聞の記事を見せた。既に朝日やその他の新聞も同様の報道をしている。

「ネットで知ってるけど、維新はこれ、捏造や言うてるで」

「市当局がなんで捏造するの。私らが言うてるんと違うよ。財政局やで」

「だから、その計算に誤りがあるいうことやろ」

弟も頑固に言い返す。

「本来こういうデータは、もっとはよ議会に出すべきなのに、隠蔽して来たんや。誤りがあるかどうかより、ちゃんとデータを提供してこなかったのがあかんやろ」

弟は黙っていた。

「私らは、事実で勝負したい。事実で判断したいんよ。感情論や、維新嫌いやから言うてるわけやないんよ。わかってほしいんよ」

弟はぽつりと言った。

「そんなに向きにならんでええよ。おれはどうせ投票に行く気はないし」

「なんでやの」

「忙しいんや。おれは」

「そんなん言うたらあかんよ。あんたも大阪市民やろ。私は、あんたが賛成でもええから投票に行ってほしいわ」

民子はなぜか涙が出そうになった。自分で自分の言葉に驚いていた。賛成するよりは行かないで欲しいはずなのだが、そんなことを言ってしまったのだ。

「ごめんな。もう失礼するわ」

民子は立ち上がった。なぜか弟はじっと考え込んでいた。


それからの三日間、維新と「よくする会」の鎬を削る宣伝戦が続いた。

一般市民の中にも、自分で手作りビラを作って近所に配ったり、街角でスタンディングする人が出てきたりして、おおいに勇気づけられたが、維新の宣伝カーもますます激しく駆けずり回っている。新聞折込ビラも毎日投入されているようだ。夫も参加しだした「お帰りなさい宣伝」に、妨害者が警官を連れてくるという事態まで発生した。もはやなりふり構わなくなっているのだ。

民子はできるだけがんばり、いよいよ投票日を迎えることとなった。市民の審判の下る日だ。

朝食を終えると夫は退教の集まる教育会館に、民子は地域の共産党事務所へと出かけた。

公職選挙法と異なり、当日も自由に活動ができるので、宣伝カーも終日駆け巡ることになる。

民子たちは、午前中は長井公園で宣伝し、午後は投票所の小学校に行って投票に来た人にスタンディングで訴えることになった。おそらく維新も大量動員をかけているだろう。長丁場の闘いだががんばらなくてはならない。

長井公園入り口では、六人でニュースの配布やハンドマイクでの訴えを行い、いったん事務所に戻ってみんなで昼食を摂った。炊き出しのおにぎりや卵焼きが用意されている。

「けっこう反応よかったね」

おにぎりを食べながら話が弾んだ。

「全部でニュース百枚はけたで」

「すごいやん。受け取りよかったもんなあ」

「私、若い男の子から声かけられたで。がんばってやおばちゃんて」

「お姉ちゃん言うてくれたらもっとよかったのになあ」

笑いが弾む。みんなの表情が明るい。

やはりこちらが押しているのだ。もうひとがんばりだ。

「ぼつぼつ行きましょか」

谷本が立ち上がった時、奥から区委員長が出てきた。

「すみません。みなさん、ちょっと座ってください」

みんなが座りなおすと、区委員長が話し始めた。

「今日はみなさんお疲れ様です。たった今、『よくする会』から方針提起がありました。今、最大の課題は、投票率を上げることにある。最後まで迷っている人に、投票所へ足を運んでもらうために、音の宣伝を可能な限り展開してほしいということです」

なるほど、確かにそうかもしれない。

「維新も、投票所にはほとんど行かず、宣伝に力を入れています。みなさん、それぞれ行かれる投票所が決まっていたと思いますが、ご相談の上、宣伝隊を作ってほしいので、よろしくお願いします」

一同は顔を見合わせた。

「民子さん。先生は宣伝はお手のものやから、ぜひそちらに回ってください。後は、男性の方もぜひ」

谷本の言葉で、三名の宣伝隊が組まれ、あとの三人は三か所に分かれて投票場へ行くことになった。

民子と堺から来た応援の男性二人は、いっしょに宣伝に出ることになった。

これからどんな訴えをすればいいのだろうか。もうこれからは熱意しかない。心から訴えようとする気持ちしかない。

やろう。訴え抜こう。

民子はこの時思った。あんなにもゆっくりとした日々を過ごしたいと思っていた自分を、こんな気持ちにさせたのはいったい何だろう。

きっとそれは、地域の人たちだ。それぞれくらしに忙しい中を、何とかして大阪市を守りたいと駆けずり回っている人たちの強く明るいまなざしが、私を変えたのだと。

その時、井坂市議が入ってきた。

「お疲れさんです。いよいよラストスパートですね」

井坂は一人一人と握手し、もちまえの笑顔で話し始めた。

「急速に変化が起こっています。私のご近所で前回は賛成したという人も、今回は反対や言うてくれました。賛成の人も、まだ変わる可能性がありますよ」

井坂は民子の方を見て話を続けた。

「今日長井駅前で宣伝してたら、でっかい大阪市より、四つの区にした方が住民に身近になるし、コストも下がるんと違うかと話しかけて来られた方がいましてね。一人の家で四人暮らしするのと、四つの家でそれぞれ一人暮らしするのと、どっちが家計費かかると思いますか。それといっしょですよ。言うてお話ししたら、そうか！　と納得してくれましてね。反対投票に行くとおっしゃってくれました」

期せずして拍手が起きた。

「みなさん。投票箱の蓋が閉まるまで、訴えを続けましょう。必ず勝ちましょう」

井坂の力強い言葉に民子は胸が熱くなった。最後までがんばり抜こうと。

8

三人は、西住吉の府営住宅で宣伝を始めた。マイクを握った民子は、大きく息を吸い込んだ。

「ご町内のみなさん。大きなマイクでお騒がせします。私たちは『大阪市をよくする会』でございます」

三階のベランダに出て、こちらを見ている人がいる。

「みなさん。今日は大阪市をなくすかどうかの住民投票の日です。もう投票はお済みでしょうか。行こうかと迷っていらっしゃる方は、どうか投票に行ってください。あなたの一票で大阪市を守ってください。心よりお願い申し上げます」

民子は心をこめて訴え続けた。

「賛成か反対か迷っておられるみなさん。まだどっちが正しいかよくわからないという方がおられましたら、どうか反対してください。一度やってみたらとお考えのみなさん。大阪市は、いったんなくなったら、もう元に戻すことはできません。戻す法律はありません」

窓を開けて聞いている人が二人、三人と増えてきた。

「大阪市がなくなり、四つの特別区になれば、普通の市町村よりも力の弱い自治体になってしまいます。毎年二百億円のコストがかかるんです。税金は府に吸い上げられ、住民サービスは間違いなく悪くなります。吸い上げたお金は、カジノにつぎ込まれて、辛い思いをする人が増えるでしょう。そんなことは、絶対、絶対許せません！」

民子たちは、歩きながらも訴え、七時過ぎまでがんばり続けた。不思議と疲れは感じなかった。自分のできることを最後までやりたいという思いだった。


谷本たちと互いのがんばりをねぎらいあって、民子は帰途に就いた。八時きっかりに家に帰ると、夫が待っていた。

「お疲れさん。今日は寿司買ってきたで」

「よっしゃあ！」

民子はさっとひと風呂浴びて、夫と食卓に着いた。

「最後までお疲れさん。腰大丈夫か」

「うん。生まれ育った大阪市のためやもん」

夫は何度もうなずいた。

「ほんまにお疲れさん」

「お互い様」

八時を回った。投票箱の蓋が閉まり、テレビは出口調査を発表するだろう。早く見たい。

テレビをつけた時、民子のスマホが鳴った。ショートメールだ。

（投票行った。ぼくも反対したよ。忙しいのにおかんの世話してくれてありがとう。お疲れさん）

弟からのメールだった。思わず民子は声を上げた。

「どうしたんや」

「健一が、反対投票してくれた！」

「そうか！」

夫が覗き込んで、にやりとした。

「うれしいわ。けど、なんで反対してくれたんやろ」

「あの一言が効いたんと違うか」

「なに、それ」

「言うてたやろ。賛成でもええから、投票行けと言うてしまったと」

「うん」

「健一君、姉ちゃんは真面目や。大阪市民として立派な人やと思たんと違うか」

そうかもしれない。ともかく顔を見て話したい。ありがとうと言いたい。とりあえず、メールにはメールで返そうと思った。

（ありがとう！　めちゃうれしい！）

顔文字をつけて送るのとほとんど同時に、テレビでは出口調査が始まった。

わずかだが賛成がリードしている。

「ともかくも健一君が反対してくれたのは君の力や。いろんな力が積み重なって、変化が起きてる。必ず逆転する」

本当だろうか。夫の言うとおりになることを信じていいだろうか。

だが、それから続く開票速報では、賛成派のリードが続いた。八時半、九時、九時半と開票が進み、賛成多数のグラフが伸びて行く。だめなのか。このまま逃げ切られるのか。嘘とペテンが勝つのか。正義はどこにあるのだ。民子は爪が食い込むほどこぶしを握り締め、テレビを見続けた。長い。あまりに長い時間が耐えられない。

夫は黙って詰碁をやっていたが、つと立ち上がって表に出た。煙草だろう。

もうテレビを消して寝ようか。いや、最後まで見届けなければ。事務所でもきっと谷本たちが詰めているだろう。喜びも悲しみも一緒に味わおう。

そう決めて座りなおした時、一条の光のようにテロップが流れた。「反対確実」の文字が出たのだ。反対確実だ。まだリードされているのに本当だろうか。いや、それは出口調査で、未開票の選挙区の情勢をつかんでの報道だろう。勝ったのだ。

民子は表に飛び出して、煙草を吸っている夫に叫んだ。

「勝ったあ！」

夫が振り返った。

「勝ったで！」

民子は両手を高く振り上げた。


それから、二人は少し語り合ったが、すっかり緊張の解けた夫が居眠りを始めたので、民子も床に就くことにした。

いつしか眠りに落ち、目が覚めたときはすっかり明るくなっていた。窓を開けると、小雨混りのひんやりした風が吹き込んでくる。だが、今朝の民子にはそれが心地よく感じられた。退職したあの朝以来の、新たな朝を迎えたという思いだった。

いつもの赤い屋根、いつもの街並み。そして自転車を走らせる人影。鳥の声……

「おはよう。私の大阪市」

民子はそうつぶやいて微笑んだ。

7 青春花火

1

「おはようございます」

午前十一時。岡村弘樹は、いつものように店に入った。

「おはよう。今日もよろしくね」

ママの桐子が明るい声で迎えてくれる。

ここは、お好み焼き屋アマンだ。弘樹はここで、二年前からアルバイトをしている。槻南高校を卒業して、K大学の二部へ通いながら、昼間は、この店で働いているのだ。

弘樹は、まずモップで床の掃除を始めた。

浅黄色の和服を割烹着で包んだママはカウンター内でせっせとワイングラスを拭いている。それを尻目に、ママの夫の五郎は、店のオーナーということなのだが、テーブル席にどっかと座って釣り具の手入れに余念がない。

店はカウンター席とテーブル席を合わせて二十席だ。壁には、シャガールの絵などが掛けられ、花を飾り、シャンソンが流れるえらく洒落た店だが、大きな魚拓やら、何かの賞状も飾られているという妙に不釣り合いな店でもある。

カウンターの電話が鳴った。ママが出る。「はい、お好み焼きのアマンでございます。あらあら、ひさしぶりね。元気にしてる……そう……どうぞどうぞ……よかった。予約してくれて。いつも満席だから、お席を確保しとかないと……ハハハ、ほんとよ。ハハハ、待ってまーす」

ママの調子のいい話ぶりに、弘樹は苦笑した。実のところ、四月に入ってから、客足はぴたりと途絶え、一日数人しか来ない。

それというのも、店の目の前にあった槻南高校が、生徒や父母、教職員、市民など多くの反対を押し切って、二〇〇三年に募集停止され、最後の卒業生を送り出したこの二〇〇五年春、廃校になったためだ。

弘樹も、廃校に反対して、生徒会などで活動していたが、卒業が近づくにつれ、家族の強い反対もあって、次第に身を引いていた。卒業後は、当時の中心メンバーたちとも会おうとしていない。

この店は、廃校になるまでは、高校生や教職員でいつも賑わっていた。弘樹も所属していたサッカー部は店の常連で、練習が終わるとしょっちゅうたむろしていたのだ。ママは、部員たちのアイドル的存在だったし、顧問の西村先生もお気に入りの店だった。

弘樹もレギュラーに加わっていたが、必ずしも上手とは言えず、よく失敗をしていた。自分のミスでオウンゴールされたこともあるし、ことというところで、ハンドを取られ、相手のフリーキックを許してしまうこともあった。

練習や試合の後のミーティングでは、そんな弘樹に、厳しい視線が向けられ、注意も受けたが、西村先生は、「勝敗にばかりこだわるな。楽しくゲームができればええんや」と言って、それぞれのがんばっていた所をほめてくれた。

弘樹が入部したての頃は、ちょっとしたことでも、よく褒めてくれた、そしてだんだん力がついてくると、どこを直せばいいか。どう練習すればいいかなどと指示してくれた。

そんな顧問の下で、部員たちも自然となごやかになり、学年による上下関係なども少なくなっていったのだった。

練習が終わった後のアマンでのひと時は、冗談が飛び交う、本当に楽しい場所だった。授業も楽しかったし、生徒会の活動で取り組んだ文化祭など、槻南高校生活は弘樹にとってまさに青春の日々だった。

そんなご縁で、この店に雇ってもらったのだが、今となっては働いているのが悪いような気がする。ママは「大丈夫だから大学出るまでいてちょうだい」と言ってくれるのだが、どうにも心もとない。

「まいど」

酒屋の元さんが入ってきた。

「あら、元さんいらっしゃい。もうお腹すいたの？　お昼にはまだちょっと早いわよ」

元さんは、ちょっと顔をしかめて請求書を取り出した。

「またそんな。集金でんがな。はい、二月からの分です。いつもいつもすんません」

「え？　払ってなかった？　ほんと？」

「はい、先月は、大将が、こっちから持って行くよって、ちょっと待て言わはりまして」

「あらそう。そんなこと言ったの？」

ママは五郎をにらんだ。どうやらほんとに知らなかったようだ。五郎は「忘れた」と言ったきり、相変わらず竿に集中している。

弘樹は、モップとバケツを持ってすすぎに出たが、二人のやり取りが気になって、そっと戻ってみると、元さんが金を勘定していた。

「はい、確かにいただきました。それで……今月分のビール、いつもどおり入れさしてもろてよろしいか。こういうたらなんやけど、だいぶ余らしてはるみたいやから」

「あら、心配してくれてんの。元さん、やさしいのね」

ママは軽く頭を下げた。

「だいじょうぶ、だいじょうぶ。余ったら、五郎さんがみーんな飲んじゃうから」

元さんはちょっと黙り込んだ。

「そら、まあ、大将一人でも飲めんことはないやろけど、よろしいんですか。そんな強がり言うて」

ママも黙っている。元さんの率直な言葉にどう答えるのだろう。

「去年の今時分は、先生やら生徒やらで、ごったがえしてはったけど……なんせ高校なくなってしもたから」

「ほんとね。育ち盛りの高校生が、どんどん来てくれるから、忙しかったわね」

二人が話し込んでいると、正午の時計が鳴った。

「もう十二時か……どうもいらんこと言うて、すんまへん。すぐビールお届けに上がります。おおきに」

元さんが出ていこうとするのを五郎が呼び止めた。

「元さんて。まあちょっと座りいな。この竿見てみ」

「いや、また、今度」

「まあ、見てみ。ママ、お茶。いや、ワイン頼むか」

「真っ昼間から、そんなもん、飲んでられますかいな。……あいかわらずの極楽とんぼなんやから」

そう言いながら、元さんは竿を覗き込んだ。

「また、新品買いなはったんか。なんぼしました」

五郎が片手を広げる。

「五千円でっか」

「アホか、マル一つたらんわ」

「ほんまに！　ようやる。……けど、こらええ竿やなァ。大将にはもったいないぐらいの高級品やで」

「さすがに目が高いやないか。腕はも一つやけど」

「だれがも一つや。大将だけには、言われたないわ」

相変わらず、漫才のようなやり取りだ。ママは素知らぬ顔で、食材をチェックしている。

二人が気楽な話をしているところへ、突然四人の客が入って来た。

「いらっしゃいませ」とママが声をかける。四人は店の中央部のテーブル席に座り、店の中をしげしげと眺めている。中年男性が二人と、少し若い男性と女性の四人連れだ。今日は日曜日だが、いずれもスーツ姿で、あまりレジャー風ではない。

元さんが、急いで出ていく時に、「めずらしいな。客やがな」とつぶやくのが聞こえた。

「いらっしゃいませ」

ママは水を運んで、もう一度あいさつした。

「ようこそおいでくださいました。ご注文お決まりでしたらお伺いいたします」

女性と隣り合わせて座っている、オールバックの男が水を一口飲んで言った。

「ここ、お好み焼きやろ。他にも何かできんのか。……わたし、お好み焼きはもう一つなんや」

「すみませんねえ。他には、なんにもないとこなんで」

向かい合わせに座った中年男性が頭を下げる。この人がホスト役のようだ。

「以前は、けっこうあったんですけどね。もうみんな店閉めてますわ」

隣の若い男が言うと、「そらそうでしょうな」とオールバックの男が応じた。どうやら、ここの事情もよく知っているようだ。

ママがにこやかに語りかけた。

「お好み焼き、お嫌いでしたら、ステーキでも焼かせていただきましょか。シーフードもいろいろありますし。お好みにあわせて、焼かせていただきますすけど」

「牛肉なあ……」とつぶやく男。

「もちろん国産ですけど」

ママがすかさず言う。

「うん、じゃあ、肉でも焼いてもらおか。みなさん、どうされます」

オールバックの男に、向かいの男が応じた。

「いっしょでけっこうです。小室君、いっしょでええか」

「はい」

小室と呼ばれた青年がうなずく。

「ほな、ステーキ四人や」

「かしこまりました。焼き具合はどういたしましょう」

「適当にやって」

「かしこまりました」と、ママが言った時、女性が言葉を挟んだ。

「ウェルダンでお願いします」

オールバックの男がじろっと見た。

「おう、高瀬君。また、うるさいこと言うな」

ママは笑顔で応じる。

「いいえ、どうぞおっしゃってください。お飲物はどうされますか」

男たちは顔を見合わせた。

「ビールといきたいけど、まだ勤務中ですからなあ」と、ホスト役の男がつぶやく。

「あら、今日は日曜日じゃ」とママ。

「日曜返上、仕事が第一」と返す男。

「すみませんなあ田代課長。こっちの都合で無理にお付き合いいただいて。もう、えらい申し訳ございません」

オールバック男の言葉に、田代が答える。

「いやいや、それはお互いさまです。北野田さんも、本来は休日でしょう」

二人の会話で四人の名前がわかった。ママがさりげなくアピールする。

「ワインもございますよ。一口ぐらいでしたら」

「そんな洒落たもんあるの。お好み焼き屋にワインて」

北野田にママが答える。

「はい。ワインはうちの自慢ですのよ」

勧め上手なママには勝てない。

「まあ、一口だけもらおか。いかがです」

北野田は、暗黙の了解を取りつけたようだ。ママの差し出したメニューを見て格好をつけながら考え込んでいる。

「プリミティーヴォ・デル・サントの二〇〇四などはいかがです。お肉によくあいますし、柔らかくまろやかで、余韻の残る味わいですよ」

弘樹にはさっぱりわからないが、北野田は、わかったようにうなずいた。

「うん、それでいこ」

「とりあえず、一本お持ちしましょうか」

「とりあえずて……」

田代は不安そうだ。勘定を引き受けているのだろうか。

「かしこまりました」とママが下がると同時に、五郎が無言で立ち上がり、カウンターの奥からワインを取り出してママに手渡した。ママは手早くグラスに注いで、テーブルに向かう。

四人はグラスを合わせて、乾杯した。

「なかなかよろしいですな」

「うん、これはおいしいですね。小室君、どや。キミ、海外旅行何回も経験済みやろ」

小室は、田代の持ち上げをあっさりと否定した。

「私は貧乏旅行でしたから、ワインなんかろくろく飲んだことないです」

「そうか。まあ、ゆっくり味おうとき。これは、南フランスのワインやからな」

「課長さん、さすが詳しいですね」

「いや、それほどでも」

この時五郎がぽつりと口をはさんだ。

「それ、イタリアの酒ですわ」

いっしゅんしらけた空気が漂う。あわてて北野田がワインを注いだ。

「まあ、もう一杯いきましょ」

「ああ、どうもどうも」

四人は機嫌よく飲んでいる。ママは野菜を切り始め、五郎は肉を焼き始めた。弘樹はさしあたりやることがない。四人の会話に耳を傾けた。

「しかし、ここはなかなかいいとこですね。グランドも広いし。思い切って建てられます」

「だいぶ、気合いが入っておられますな。

「そら、天下の大阪府さんが苦労して苦労して、作ってくれた土地ですから、うちに任せてもろたら、しっかり仕事させていただきます。……なにぶん、よろしくお願いします」

どうやら彼らは、府の役人と民間企業の社員らしい。高校の跡地を活用するプロジェクトのために来たようだ。

「まあ、WKKさんは、関西きっての有望企業ですから、お渡ししたら、安心できますが」

田代の言葉にうなずいて、北野田が書類を取り出した。

「これが基本プランですわ。どうぞ見てください。……複合的教育施設です」

「ほう、ほうほう」

田代は熱心に見入っている。

「宿泊施設を整えた、幼児から高校生までの学習塾がメインですが、それだけやないです。近頃の保護者のニーズは多用ですから、スポーツ施設や音楽、バレーなどの養成施設もあるし、英語塾も、ばっちりとおまかせですわ。子どもさん待つ間のフィットネス施設や、ゴルフの打ちっ放しも考えてます」

「これからの教育多様化を先取りしようというわけですね……」

小室がつぶやく。おれはエリートだといわんばかりの響きが感じられた。

「その通りですわ。ははは。さすが読みが早い。民営化が必要なのは、郵便局だけやない。教育の民営化が求められてますから」

「確かに、義務教育だけは、平等主義にまだまだ支配されてますからね」

平等主義のどこが悪いというのだ、いやな奴らだ。

ママの野菜を切る手が止まった。話を気にしているらしい。

「しかし、ここは交通の便がも一つやがなあ」

「送迎バスもフル稼働させますが、保護者に送迎してもらうのが基本ですわ。駐車スペースには事欠きません」

田代の疑問にすかさず答える北野田。自信たっぷりだ。

ママがテーブルへ向かった。

「サラダでございます。取り皿で、お好みのドレッシングで召し上がってください。」

「なかなか本格的やな」

北野田が野菜を取りながら、ふと思いついたように話しかけた。

「ママさん、きれいな標準語でしゃべるけど、関西と違うのか」

「はい。鎌倉生まれですの」

「へえ、どうしてまた大阪へ」

「父の仕事の関係で、各地を転々と」

「そこで落ち着いたのが、この土地か」

「神戸ですの。そこで主人に釣り上げられましたの。あの竿で」

「へえ、そら、なかなかの名人やな」

このやりとりをきいていた五郎が、さりげなくカウンターへ引っ込んだ。北野田が笑う。

「逃げんでもええやないか。なあ。いっしょに店やってるんと違うのかいな」

「さあ、どうですか……」

ママはワインを注いだ。

「WKK、何をなさってる会社ですの」

北野田が名刺を渡した。

「……西日本開発でおっしゃいますの。ごめんなさい。私、うといものですから」

「つい最近、ちっこいものどおし合併したんや。まあ、だんだん有名になる会社やと思といて」

「はい。心得ました。西日本とおっしゃるからには、九州や沖縄まで、お仕事されてますの」

ママは聞き上手だ。北野田は機嫌よくしゃべる。

「元々が、そっちの方の会社や。だんだんと東の方へ攻め上ってきたんや。そのうち、名古屋にも進出する予定や」

「うらやましいですわ。大きな夢があって。そこへ行くと、私ども庶民は……その日の暮らしにも事欠く有様。これもご時世と申すもので、ござんしょうかねえ」

出たあ。芝居がかりのママの名調子だ。時どき五郎ともやり取りしている。

「あんた、芝居もやるのか。おもしろい人やなァ。どう、ワイン飲むか」

「あら、いただいていいのかしら」

ママが乗り気になった時、五郎が声をかけた。

「ママ、肉焼けましたで」

「はいはい、ただいま」

ママは皿を三つ、弘樹は遅れてウェルダンに焼いた皿を運ぶ。

「熱いのでお気をつけください」

四人はステーキを食べ始めた。弘樹は、カウンター内で下げられた野菜皿を洗う。

しばらく食べていた北野田が、独り言のように言い出した。

「しかし、不思議な店ですな。ここほんとにお好み焼き屋ですか」

「たしかにしゃれた店ですなあ」

「いやあ、ここに高校あったときは、みんなたまりに来てたんやろな」

小室が「高校生には高級すぎますよ。ここは」とつぶやいた。

「けど、一応お好み焼きやろ。わたしらも、学生時分は、何かというとお好み焼きか、ホルモンか。小室君らはあれか、餃子の王将か」

「たまには行きましたが」

確かに彼らが食べているものは高級品だ。しかし、ここは同時にお好み焼き屋なのだ。

高校時代にたむろしていた時は、自分たちでも食べられる値段だったたし、ママはいつも大盛りのサービスをしてくれた。高級品を食べるのは、晴れの日のお祝い事か何かで来る人達だった。

北野田が、少し口調を改めて田代たちに語りかけた。

「しかし、お二人とも、ここまでこぎ着けるの、たいへんやったでしょ。なあ」

「いえ、それほどでも」

「いやいや、いろいろ聞いてますよ。裁判まで乗り切ってこられたんやから、並大抵の苦労やなかったと思います。……高瀬君、お注ぎして」

「すみません、気がつかなくって」

高瀬がワインを注ごうとするのを、田代は制し、小室に振り向けた。

「私らは、理事者の言われる通りに、仕事してるだけで、自分の才覚なんかなんにもありませんし」と、田代。

「いやいや、ご謙遜で恐れ入ります。しかし、なんですやろ、いろいろ反対運動が続いて、うっとしいこともありましたでしょう」

話がそこへ来たかと弘樹は緊張した。ママもじっと聞いている。

「まあね。ないと言えばうそになります。私らは私らで、真面目にやってるのに、なんか悪者みたいに言われたりしますからね」

田代は、小室を見た。

「この男も奥さんの実家が、学校関係で、いろいろしんどかったらしいですわ」

「それはそれは。まあ、事情知らん人は、いろいろなこと吹き込まれて、思いこみもあるやろし。ねえ」

北野田の言葉を、小室は冷めた口調で否定した。

「もう、済んだことですから。いちいち気にしてたら、仕事になりませんし」

「そうそう」

まったくいやな奴だ。何が済んだことだと言いたくなったが、もちろん口出しなどは許されない。

ママが新しい水を持って、すっと近づいた。

「難しそうなお話なさってますね。お肉の味はいかがですか」

高瀬が答えた。

「おいしいです。とっても柔らかくて」

「ありがとうございます。松阪肉ですのよ」

「三重県の松阪ですか」

「はい。神戸肉以上と、みなさんおっしゃいます」

北野田が口をはさんだ。

「松阪はいいとこやね。お伊勢さんの隣町や」

「よくご存じで、お客様、何でもよくご存じですね」

「小津安二郎の生まれたとこや」

「誰だったかしら」とママがとぼける。知らないはずのないママだ。北野田が早速ひけらかす。

「知らんか。有名な映画監督や。東京物語とか彼岸花とか」

「麦秋、言う映画もありますね」と、田代。

「そうそう、秋の映画が多いですね。もの悲しい季節やから、日本人の琴線に触れるんやろな」

「すてきなお話ですね」

ママが二人を持ち上げた時、またしても五郎がつぶやいた。

「麦秋は初夏ですわ」

またしらけた間が訪れた。ママは、五郎をにらむ。

「もう！　ごめんなさい。よけいなことばっかり言うて。気を悪くなさったでしょう」

ママはこぼれるような笑顔を見せて語りかける。

「ねえ！　……みなさん、今日は、お仕事の打ち合わせですの」

北野田が軽くうなずく。

「何かこの跡地に作っていただくと、うれしいわ。お客さんが、いっぱい来てくださるような」

「まあ、期待せんと待っとくことやな」

「あら、でも、何か建てるんでしょう。せっかく廃校にしたんですもの」

間髪を入れず小室が言った。

「廃校やない。統合や。誤解したらあかんよ」

「あら、ちっとも知りませんでした。高校つぶしとみなさんおっしゃってるから」

小室は語気を強めた。

「そう言う宣伝が、ぼくらには一番迷惑なんや。つぶすつぶすて言うけど、高校がなくなったわけやないで。ちゃんと卒業させて、次に入ってくる新入生は、新しい学校で勉強してもらう、それだけのこっちゃ」

ママはうなずく。

「そうですわね」

「時代がどんどん変わってるのに、学校だけは別、と言う考え方がおかしい。そんなん言うてたらなんにも進歩あらへん」

「進歩は、大事なことですものね。みなさん、とっても進歩的なのね」

何かも承知のママの皮肉交じりの言葉に、小室は苦笑した。

「勉強させてもらえるだけでも、ありがたいことですわ。なあ」

北野田の言葉に、田代が応じる。

「ところが、父兄の中には、どうしようもない物わかりの悪い人がいますからね……」

ママは小首をかしげた。

「そらな、生徒は、いろいろ思うこともあったやろ。校舎に愛着もあるやろし、何やかやと思い入れも、そら、ないと言い切ったらうそになりますわね。けど、そこは父兄がちゃんと言い聞かせてもらわなあかんのとちがういますか」

弘樹は、こぶしを握り締めた。こいつらは、何もわかっていない。喋りたい衝動をぐっとこらえる。ママがちらっとふり向いて弘樹を見た。

「進歩のためですわね」

「そうそう」

「でも、みなさん、いろいろとたいへんですわね。進歩のためのお仕事」

田代はちょっと間を置いてしゃべった。

「まあな、ママさんて。何かと言えば、私ら公務員は目の敵にされるんや。あんたらも、心の中ではそう思ってるやろ」

「あら、私は公務員の方は大好きですわよ。私も、もと公務員」

「へえ、どこに勤めてたんや」

「な、い、しょ。……」

ママはカウンターに戻った。

「そうそうヒロくん、ちょっと、買い物行ってくれる」

「はい」

ママが何かしら走り書きしたメモをうけとって弘樹は奥へ入った。

「怒ったらだめよ。頭を冷やしなさい」と書いてあった。

実は弘樹は、ママの過去を知っている。ママは元中学校の教員だったのだ。

弘樹が働き始めて一週間経った時、ママが、あまり元気のない弘樹を気遣ってか、食事に招いてくれた。速めに店を閉め、五郎と三人での会食だった。

「何か悩み事でもあるの」というママの優し気な声掛けに応じて、弘樹は、家族の反対などで、廃校反対運動から離れた負い目に悩んでいることを話した。最後まで彼らに協力しきれなかった。仲間を裏切ったという負い目は、いつまでも消えることはないだろうと話していると思わず涙が出た。

そんな弘樹に、ママは、人間誰しも負い目はある。自分にもあまり話したくない過去があると話してくれた。

ママは、教員になって間もなく、職場の同僚を好きになり、一緒にホテルでの一夜も過ごしたが、その人には妻子があったのだ。さんざん悩んだ挙句、ママは、退職届を出し、一人旅に出たという。

ひと月余り、気ままな放浪を続け、いつしか、死んでもいいような自暴自棄に陥っていた時、出会ったのが五郎だったのだ。

神戸の港で、一人夜の海を見ていたママに、釣り帰りの五郎が声をかけてくれ、なんとなく、その飾らない雰囲気に、心の安らぎを覚え、死神が去って行ったのだという。

詳しい話はまた次の機会にと言って、ママは話をやめた。五郎はそんな二人を黙って見ながら、手酌で飲んでいた。

きっと、ママは自分を励まそうと思って、そんな話をしてくれたのだろう。それ以後、弘樹は、この店で働くことが楽しくなっていった。

2

弘樹が一息入れてカウンターに戻った時、三人の若者が入って来た。槻南高校で一緒に活動した中島翔太、高山慎二、宮崎千春だ。弘樹は思わず一歩後ろへ下がった。できれば顔を合わせたくない三人だった。

ママはちらっと弘樹を見てから、笑顔で三人にあいさつした。

「いらっしゃい。お待ちしてました」

若者たちは口々に「ごぶさた」「ひさしぶり」などとあいさつし、奥のテーブル席に座った。

「おれ、ミックスジャンボ」。

「私はエビのレギュラー」

「おれはビール……というのはうそで、ミックスジャンボとライス」

「食べ過ぎー」

「ええから。今日、朝抜きやねん」

以前の賑わいが戻ってきたようだ。

ママがてきぱきとお好み焼きのセットを運び、彼らは、自分たちで焼き始めた。ママは、北野田たちのテーブルに近づき、話に耳を傾ける。

「しかし、なんですな。これから、ますます、高校も減るでしょうな」と小野田。

「減りますね。少子化ですから、クラスの数も減るし」と小室。ママがすかさず突っ込む。

「あら、それならゆったり教育できて、よろしいんじゃないの」

小室が冷ややかに言い放った。

「それは、教育を知らん人の考えることですわ」

「あら……」

「人数が減ったら、学校は活力がなくなるんや。クラブ活動にしても、人数がある程度おらんかったら成立せえへん」

「そうですわね」とママはおとなしい。

「だから、ある程度の人数を維持していくためには、統廃合が必要なんや。わかる」

ママは小室をじっと見た。

「つまり、槻南高校は、人数が少なくて困ってたんですね」

ちょっと小室が言葉に詰まった。

「え？　うん、まあ……それだけやない。特色ある学校を作ることが今求められてるんや。だから、特色を作るためにも、学校を統合したんや」

「すてきですね。特色ある学校って。これまでは、特色がなかったのね」

「まあね。普通の進学校やな」

「これから、どんな特色ある高校になるのかしら。スポーツ？　それとも芸術かしら」

また、小室がちょっと詰まる。

「まあ、それは校長さんの腕の見せ所やな」

ママが首を傾げた。

「あら、生徒が決めるんじゃないの。こんな学校にしようって？」

小室は笑った。

「そう言うこと言う人が多いけど、生徒の好き勝手に何でも決めたら、学校はむちゃくちゃになりますよ。学校長の裁量をもっと大事にせんと」

ますますむかつく男だ、こいつは。と思った時、北野田が持ち上げる。

「なかなか、小室さん、よう勉強しておられますな。しっかりした意見言うておられる。なあ、田代さん」

「そらもうこの男は、一流大学出のエリートですから」

「とんでもない。皮肉を言わんといてください」

小室が意外にへりくだる。

「まあまあ、それはともかくや。私らも、これから仕事をしていく上で、教育のことも知っとかなあかん。どうや、高瀬君、こういう時にいろいろ教えてもらっとき。キミ、研修を兼ねてこちらへ来てるんやろ」

「ほう、研修ですか」と、田代。

「本社の方から、営業の第一線を見てこいと言われてるそうです。まあ、私共々いろいろ教えてあげてくださ い」

高瀬が立ち上がって一礼した。

「よろしくお願いいたします」

田代は、鷹揚にぐっとグラスを空けた。

「いやいや、こちらこそ、よろしく。こういうたらなんやけど、学校の先生は夏休みがたっぷりあるし、しょっちゅう海外旅行も行ってるみたいやし、まあ、うらやましいような仕事ですわ」

「そうでんな」と北野田もグラスを空ける。

高瀬が静かに言葉を挟んだ。

「でも、私の親しい友だちも小学校の教師ですけど、結構大変そうで。私には勤まりそうもないと思いました」

田代が返す。

「そら教師もいろいろですわ。真面目な人もおらんとは言いませんけど、ええかげんなやつも多いでしょ。不祥事ばっかし起こして。ねえ」

「ほんまですなあ」と北野田。

「最近特に、そんなニュースが多い。少女わいせつやとか、体罰やとか」

お次ぎは教師攻撃か。まったく不愉快な大人たちだ。自分たちを何様だと思っているのだろう。

小室が言う。

「まだまだ処分が甘いですね。指導力不足教員をいつまでも研修させてるけど、無駄ですよ」

「まあ、ぬるま湯につかってるということやろな」と田代。

「そうですね。冷たい水でもぶっかけられたら目が覚めるやろ」

「小室さん、先生方にはずいぶんと厳しいんですね」

高瀬の言葉に、小室が言う。

「まあね。自分の体験からしても、頼れる教師なんかお目にかかったことがなかったし」

「不幸ですね」

「その分、頼れるのは自分しかないと思えるようになりました」

彼らはちょっと黙り込んだ。若者たちは食べながら、話をやめて、彼らの話を気にしているようだ。

北野田の声は甲高いのでよくわかる。

「しかし、なんですな。判決がスパーッと出て、よかったですな。上告やら仮処分やら言うてごちゃごちゃされたら、かなわんかったたんと違いますか。ねえ」

「まあ、上告もようせんかったんやから、勝ち目がないと思ったんでしょ」

田代が偉そうに言う。小室も尻馬に乗って言う。

「正直のとこ、拍子抜けしましたわ」

ママがまたテーブルに近づいた。

「ご飯お持ちしましょうか」

小室と高瀬が断った。弘樹は二人分のご飯を茶碗に盛る。

「小室さん、いろいろと証言しはったんでしょう。緊張しませんでしたか」と北野田。

「別に。言うことははっきりしてますから」

小室はだんだん態度が大きくなってきたような気がする。ワインのせいだろうか。

高瀬が軽く尋ねた。

「どんなことを証言されたんですか」

「経過を述べただけですよ。府の方針である、教育改革プログラムの一環として、高校再編を遂行して参りましたとね」

「反対尋問とかもあるんでしょ」

「ありましたよ。なんとか思い通りのことを言わせたいというのが見え見えの尋問や。まあ、たいしたことなかったけど」

ますます増長している。こいつはほんとに不愉快だ。なのに北野田は、しらじらしく持ち上げる。

「それにしてもたいしたものですな。その若さで」

タイミングをはかったようにママが近づいた。

「お待ちどうさま。もしかして裁判のお話？」

「そうや。この人らが活躍した話や」

北野田が答える。ママはとぼけた質問を続ける。

「あらそうですの。みなさん、誰かを告訴なさったの」

「違う。被告や」と小室が吐き捨てる。

「被告？　訴えられたの」

「ぼく個人やないで。大阪府や」

「だれが訴えたの？　先生方」

「違う。高校生が原告や」

ママが大げさに驚く。

「あら、高校生が、すごいわね。なんて言って訴えたの」

若者たちが食べるのをやめた。ママたちのやり取りに注目している。弘樹には気づいていないようだ。

小室がママに教えるように答える。

「槻南高校の廃校処分取り消しを求める請求です。原告一人につき五万円の慰謝料も請求してきました。損害賠償いうわけです」

「ほう、損害て、またどんな損害でっか」と北野田が尋ねると、小室は得意げに答える。

「いっぱいありましたよ。教育権の侵害、人格権の侵害、意見表明権、表現、情報の自由の侵害」

「はあ」

「まだあります。確か……母校喪失という精神的衝撃がもたらすＰＴＳＤ状態による人権侵害やったかな」

田代が感心したように言う。

「よう覚えとるなあ。さすがエリートだけのことあるわ」

ママがにこやかに言う。

「さっきからのお話しぶりと言い、ほんとに頭がおよろしいのね」

小室は得意げに話す。

「高校生が訴えた言うけど、別に彼らが考えたわけやない。全部弁護士が考えるんや。高校生なんか、大人にそそのかされてやってただけや」

何ということを言うのか。黙っていられない。弘樹は声を出したくなったが、ぐっと堪えた。我慢だ。頭を冷やすのだ。

高瀬が小室をじっと見た。心なしか目に力を感じる。

「そうでしょうか」

「そうですよ。自分の進路とか考えたら、無駄な時間使う気にならんのが普通の高校生や」

北野田が「そうそう」と相槌を打った。ママがさりげなく尋ねる。

「ね、どんなようすでしたの。その、普通でない高校生たち」

「もうすんだ話や。ええがな」

田代は話を終わらせたいようだ。だが、ママはしつこく聞こうとしている。はっと思った。もしかしたら、彼らに聞かせようとしているのだろうか。

「そうですね。もう、そんなことといちいち心にとめてらっしゃらないわね」

「いや、ちゃんと覚えてるよ」

小室は話す気十分だ。

「こっちも真剣に聞いてやったんや。あいつらの証言は、全部覚えてる」

「そうですか」

高瀬は真剣に聞こうとしているようだ。

「要するに、全部感情論や。陸上部で、先輩に指導してもらってうれしかったとか、後輩にしてやれなくて残念やとか。文化祭が楽しかったとか。それを、涙ながらに次々という訳や」

「かわいそう」とママがつぶやく。

「だから、それが感情論や。裁判長が同情してくれると思うわけですよ」

田代もしゃべりだした。

「こっちは行政手続きに従って、粛々とやってるんやからな。いろいろ文句つけられても困るわけよ。府が決めた教育改革プログラムいうもんがあるんやから。教育委員会議もきちっとやって、承認してもらってるんやから」

高瀬が首をかしげている。それを見てか、小室が強い口調で言った。

「まあ、日本は民主国家やから、裁判でも何でもやる権利があるんやから、それは否定せえへんけど、時間も金ももったいない話や」

ママがつぶやくように言った。

「それで、裁判官は、同情しなかったの。かわいそうな高校生に」

田代が、ちょっと考えながら答えた。

「同情してたかもしれんな。けっこうこっちにきつい尋問もしてたから。けど、判決出す直前に、裁判長差し替えられたんや」

「どうしてですか」と高瀬。

「さあな」

田代と同時に小室が言った。

「だれが裁判長でもいっしょですよ。法律は変わりませんから」

「解釈の違いとかありませんか」

高瀬がまた問う。

「ありません。こんな裁判では」

小室は言い放った。

「裁判は人情芝居やない。論理の筋通したものが勝つんや」

弘樹はまた拳を強く握りしめた。

「それというのも係長さんらの力や。さすが大阪府、優秀な職員がおられる」

北野田の言葉に、田代が得意げに笑った。

「ははは、またまたそんなこと。ははは」

弘樹の中で、何かがぷつんと音を立てて切れた。ガタンと音を立てて立ち上がった弘樹を、
ママが振り返った。

「ヒロ君」

同時に弘樹は叫んでいた。

「勝手なことばっかし言うな！」

「な、なんやおまえ！」と田代。若者たちもどっと立ち上がって弘樹を見た。

「ヒロ！　おまえ、こんなとこにおったんか！」

中島が叫んだ。

「おまえな、なんでおれらを避けるんや。なんべん連絡した思ってるんや」

怒った口調ではなかった。むしろ温かみが感じられたのだが、弘樹は、中島に返す言葉がなかった。なおも中島が何か言いかけた時、田代が厳しく弘樹に迫った。

「ちょっと待ちなさい。この従業員、なんや。いきなり客にどなりつけるて、どういうことや」

「申し訳ございません。弘樹君、おわびしなさい」

ママの言葉で、弘樹は黙って頭を下げた。その時だ。若者たちの席近くにいた五郎が、すっとカウンターに入って来た。田代たちから、弘樹を隠すように割って入り、いきなり顔めがけて殴り掛かった。パチンと音がして田代たちには弘樹が殴られたと見えたろう。だが、それは五郎の巧みな芝居だった。弘樹の顔の近くで、自分の手を叩き、殴ったように見せかけたのだ。

「あほ！　ちゃんとけじめをつけてお客さんに謝れ！」

弘樹には、かばってくれる五郎の気持ちがわかった。今度はていねいに頭を下げた。

「すみませんでした」

田代がなおも言いつのる。

「ほんまに失礼なやつや。客が話していることに、首つっこんできて、勝手なことて、どういうつもりや。ええ」

黙ったままの弘樹に、田代は厳しく迫った。

「ちゃんと返事せんかい」

弘樹は黙っている。言葉が出ないのだ。

「返事せんかい！」

ママが厳しい口調で言った。

「ヒロ君、もうお詫びして、向こうへ行きなさい」

弘樹が一礼して背を向けた時、小室が声をかけた。

「キミは、槻南の卒業生か」

「はい」

「それで、我々の会話にかみついたわけか。フッ、要するに、負け犬の遠吠えやな」

弘樹は黙って小室を見た。

「槻南が、君らのような、非常識な生徒のおった学校やいうことがようわかった。統廃合したのは正解やった訳や」

さすがに弘樹は黙っておれなくなった。思わず声を出しそうになった時、ママが厳しい声で言った。

「弘樹君。君は今、アマンの従業員、この方たちはお客様なのよ。それ以上失礼なことをいったら、私が許しません」

「はい……すみませんでした。失礼します」

弘樹が下がろうとした時、中島が呼び止めた。

「待てやヒロ。おれらが、代わりに言うたるわ」

「何」

田代に向かって中島がきっぱりと言った。

「ぼくらは客です。あなた方とは対等です。あなたがたに、ぼくらの言い分を聞く勇気があるんやったら話します」

「なんやて」

「ぼくら三人は、槻南のOBです。あなた方が話していた、法廷にも出てます」

北野田が言い返した。

「もう、自分の席へ戻りなさい。聞く勇気かなんかしらんが、こっちは忙しい」

今度は高山が言い返した。

「ワイン飲んで、好き放題しゃべっていて忙しいんですか」

北野田が色を成して怒った。

「おまえらにとやかく言われることやない。行け！　仕事中や」

「ええ？　勤務中にお酒飲んでていいんですか」と高山。

「今日は日曜や。今は昼休みや。がたがたぬかすな！」と田代が言い返す。

北野田が田代と小室を見ていった。

「さあ、もう出ましょか。ママ、勘定してくれ」

「はい。ほんとに、失礼いたしました」

ママは勘定しようとしたが、中島がなおも迫った。

「逃げるんですか。ぼくらの話聞くのが怖いんですか！」

北野田が「うるさい」と言って立ち上がった時、高瀬が口を出した。

「待ってください。私、この人たちの話を聞きたいんです」

北野田が驚いて高瀬を見た。

「おまえ、何を出すぎたこと言うてるんや」

「出すぎたことではありません」

高瀬はきっぱりと言う。

「ここへ研修に来てるんやろ。研修て何することかわかってるんか」

「はい」

高瀬は驚くことを言い出した。

「申し訳ありません。実は私、社命を帯びてきています」

「なんだと」

「おまえの目で、現地の様子を見てこいと言われてます」

高瀬は、ただの研修ではなかったのか。社命とは何なのだ。

「特に、地元の感情がどうなのか、これまでの経過をよく把握した上で、よく観察してこいと。ですから、私は、この人たちの生の声を聞きたいんです」

小室がはじけたように笑った。

「ハハハ、これはたいしたもんや。特命社員というわけですか。ほな、こっちも、腰を据えて、おつきあいしますわ。田代さん。よろしいでしょうか」

田代は「物好きやな」とつぶやいた。

3

若者たち三人が、北野田たちの傍に並んで立った。ママも一緒に立っている。弘樹はカウンターから様子を見守った。

小室がじろっとママを見た。

「フ、ママのおとぼけにはまいった。あんたは、何もかも知った上で、ぼくらにしゃべらせてたんやな」

小室の鋭い突っ込みを、ママはやんわりと受けて笑顔で答える。

「あら、ごめんなさい。この店をごひいきにしてくれた高校生たちのことが、話題に出たから、とっても気になって。でも、興味深いお話でしたわ。ありがとうございました」

ママはていねいに頭を下げた。

「つまりこの子らに、聞かせるつもりやったんやな」

「いいえ、できれば聞かせたくありませんでした。弘樹君にも。かわいそうですから」

「じゃあなんだ」

声を荒げる小室をじっと見返すママ。

「私がお聞きしたかったのは、みなさんの心の内です。行政と民間企業の実力ある方のお考えになっていることを」

「あんたがそんなこと聞いてどうするんや」

田代がいら立った口調で言う。

「どうでしょうか。わたしにもはっきりとはわかりませんの。何かしら、この人たちと同じような思いが、私の心にあふれ出てまいりましたの」

相変わらず穏やかなママの言葉に、小室が、口調を和らげて中島に訪ねた。

「それで、どうなんや。きみら、なにが言いたい」

中島は、一歩進み出て鋭く言った。

「酒の席で、ぼくらの話を肴にせんといてほしい」

小室は黙っている。

「ぼくらは一生懸命やったんやから、軽々しく、人を決めつけんといてください」

「どこが決めつけや」

「さっき、ぼくらが、大人にそそのかされてやってる、言ったでしょう」

「ああ」

「はっきり言うときます。ぼくらは誰にもそそのかされてません。裁判やったのは自分らの意志です」

高山が続けた。

「裁判しようと言い出したのは、ぼくです。もちろん、弁護士さんには相談に乗ってもらいました。誰でもそうすることとです」

小室はうなずいた。

「わかった。そそのかされた言うのは取り消す。けど、そしたら君らは、なんで上告しなかったんや」

高山が答えた。

「もちろん上告したかったけど、みんなそれぞれ、自分たちの進路がかかってるし、裁判ばかりやってられへん、と言うことになったんです。負けを認めたからやない」

中島も高山も、言葉に勢いがある。真実の力が彼らを支えているのだと思う。それに引き換えて自分はという思いが、弘樹の心に重くのしかかった。

「負けは負けや」

田代が、少し穏やかに言った。

「まあ、たまたま、統廃合の時期に高校生やった君らには同情する点もあるけどな」

中島がまた強く言った。

「同情もせんといてください。ぼくらは、むっちゃ充実してたんや」

「勉強もせんと、署名活動や裁判ばっかりやってたのにか」

「いっぱい勉強しました」

田代の皮肉っぽい言葉を、中島が毅然と跳ね返した。

「信頼できる大人の人たちにたくさん出会ったことが、一番の勉強でした。こんな充実した青春をおくれたことを、感謝してるんや」

ママが目頭を押さえる。弘樹も胸がジンとなった。おれはそこまで言い切る自信はないが、彼らは、そう言い切れるのだ。

真剣に青春をかけて、高校を守ろうとしたその思い。自分の将来は顧みず、ひたすら運動に過ごした日々は、何物にも代えがたい日々なのだろう。

もちろん彼らにも、迷いはあっただろう。家族からの干渉もあっただろう。だが、それを乗り越えてがんばり抜いたことが、彼らの宝物なのだ。

弘樹には、中島の言葉が嘘偽りのない思いとして、強く心に響いた。

だが、この男たちには響かないようだ。小室がまた皮肉っぽく言う。

「充実ねえ。七〇年代の全共闘みたいなこと言うなあ。……他には？」

「ぼくらの証言は、全部感情論やといったけど、それはうそや。ぼくがどんな証言したか覚えてますか」と高山。

「さあな」とうそぶく小室。

「ではもう一回ここで言います。いいですか。言いますよ」

高山は背筋を伸ばして、四人を見た。

「私は、槻南高校を、この春卒業した高山です。私たちが槻南高校と島中高校の統合問題を初めて知ったのは、テレビの報道からでした」

高山は、おそらく法廷でもこんな風にしゃべったのだろう。力を込めて語る。

「ホームルーム活動や学校行事が活発で、単位制高校とは全く逆を行っている槻南が対象になると言うことは、だれにも予想できないことでした。私たちの一番の疑問は、『なぜ槻南が選ばれたのか』ということでしたが、校長先生の話は、私たちの疑問に答えてくれるものではありませんでした」

その通りだ。校長は何も言ってくれなかった。弘樹もよく覚えている。

「その疑問は解決されないままでしたが、私は当時二年生で生徒会執行部に入っていましたので、目の前に迫った体育祭・文化祭を今まで以上にすばらしいものにしたいという気持ちで、全力を挙げていきました。

教育委員会を訪問して、自分たちがいかに学校を愛しているかを訴えましたが、『廃校ではない。新しい学校に協力してほしい』といわれるばかりで、なぜ槻南なのかという疑問に対しては、『ベストカップルなのです』などというばかりで、全く理解できる回答はいただけませんでした」

「それはちょっとおかしいわね」と高瀬がつぶやいた。

「私たちは、直接教育委員会にビデオレターを作って送ることにしました。槻南のすばらしさを映像であれば少しは伝えられるのではと思ったからです。しかし、ある教育委員は、ビデオデッキがないという理由で、見ようともせずに、着払いの郵送で送り返してきました」

「まあ、ひどい」とママが声を上げる。

「十一月十五日、翌日に教育委員会議があるという日に、最後の署名提出を行いました。その日は、代表だけでなく一般の生徒百五十人も参加して、教育委員会を訪問しました。その時は私たちが集めた十六万の署名を置くか、置かないかと言うことが議論の中心になり、事務局の方は署名の数を教育委員会議の場で報告することを約束しました。しかし、実際は、教育委員会議で署名を置かれることもなく、数を言われることもありませんでした」

「なに、それー」とまたママが声を上げる。田代が渋い顔でママをにらんだ。

「私たちは、今まで、『教育委員会って私たちのための教育を考えてくれる人たちだ』と、何となく考えていましたが、今はそれがはっきり間違いであったと思っています。教育委員会は、初め『これは案である。しばらく検討する機関を設けた後に、教育委員会議で決定する』と言っていました。しかし、結局自分たちの決めた案を変更することなど、全く考えていなかったのだと思います。北摂地域を中心に十六万人以上が署名したという事実を簡単に無視したことがそれを物語っています」

　高瀬はメモを取りながら、何度もうなずいた．明らかに共感している。

　高山が、一段と語気を強めた。

「また、教育委員会は、これほど反対運動が起こっているのなら、実際に現場に足を運んで、意見を聞くのが仕事ではないのでしょうか。『忙しい』とか『行けば情が移る』などと言う理由で、結局だれ一人として槻南に来ることはありませんでした」

「信じられんかったわ」と中島がつぶやいた。

「そして私たち高校生は、一番の当事者であるはずなのに、事前になんの相談もされなかったばかりか、あれほど要求し続けた説明会も開いてもらえませんでした。それほど高校生は未熟で、説明を聞くことも、意見を言う場も与えてはもらえないのでしょうか。私は、私たちにあるべき、正当な権利が侵害されたと思っています。以上で私の証言を終わります」

高山は一礼した。しばし沈黙が流れる。

高瀬が声をかけた。

「証言したことを全部覚えているの。すごいわね」

「真剣に考えて準備したからです。それと全部真実だからです」

小室が少し弱々しく反撃した。

「真実かどうかは、裁判所が決めることや。君らの言い分は、やっぱり感情的で主観的や」

「どこが主観的ですか」

「教育委員会は、署名を無視してへん。十六万集めたいう事実は受け止めての上で判断してる」

今まで黙っていた宮崎が、突然叫んだ。

「うそです！　私、この目で見ました！」

みんなの視線が宮崎に集まる。

「私、あの十一月十六日、府教委まで行きました。気になって気になって、授業も身がはいらんかったから、教育委員会まで行ったんです。そしたら、廊下の隅っこに、署名の入った段ボール箱が積んであったんや。封も切らんと、シカトしたんや！」

「それは……」

小室が初めて動揺の声を上げた。

「私、段ボール箱抱えて、泣いた！」

泣き出した宮崎の肩をママが抱きかかえた。

「ひどい話ですね……」

高瀬が、強くうなずく。ママは、宮崎の背中をさすりながら、高山たちを見た。

「あなた達、ほんとに一生懸命、署名集めてたものねえ」

「署名集めてたら、いろんな人がいました。栄養ドリンクくれたり、パンくれたり……」

宮崎の言葉に、中島も続けた。

「寒い時、歩道橋の上でやってたらホッカイロくれたり」

宮崎が落ち着いた口調になった。

「優しい人もいっぱいいたけど、文句いう人もいました。あんたら、自分の学校がええ学校やと思うて、自分とこだけがつぶれんかったらええと思ってるやろて」

中島がうなずいた。

「そんな人おったなあ。身勝手やとかわがままやとか」

宮崎が続けた。

「私、ちょっと泣きそうになったけど、その人に聞いたんです。おじさんの高校時代は、どうでしたかって。この人、きっと、楽しくない高校生活送りはったんやなァと思って。そしたら、高校なんかつぶれたらええねんと言うて、行ってしまいました」

話を聞きながら、弘樹はたまらなくなった。

彼らは、こんなにも苦労して署名を集めていたのだ。そう思ったとき、思わず言葉が出た。

「すまん！」

高山たちが、弘樹を見た。

「おれ、なんも協力できてへん。おまえらが、そうやってがんばってたのに、おれはなんもできんかったんや」

中島が、すぐに明るく答えてくれた。

「誰かて、それぞれの立場があるんや。そんなこと気にするなや」

高山も続けた。

「そうやで。おまえ、あんまり言いたがらへんだけど、家で反対されてしんどかったいうのは、みんなわかってるんや。それぞれの家の仕事がらで、どうしょうもないことってあるやんか」

高山の言葉を聞いていると、こみ上げてくるものがあった。彼らは、そんなにも自分を気遣ってくれていたのだと思うと、突然涙があふれてきた。何か言おうとしても言葉にならない嗚咽となった。

その時だった。五郎が出てきて、荒っぽくタオルで頭を包まれた。

「アホ、こっちへ来い」

五郎に引きずられるようにしてカウンターへ歩く弘樹に、ママの声が聞こえた。

「あの子、ずっと抱えてたの。心の負い目を。わかってあげて」

「もちろんです」と、中島の声が聞こえる。

弘樹は涙をぬぐって、彼らに頭を下げた。

「連絡してくれなかったんだけは怒ってます。わかる?」

宮崎の言葉に、弘樹はまた涙がにじんできた。

「ごめんな」

三人がうなずき返す。高瀬がつと立ち上がった。

「ありがとう。みなさんがどんな生徒だったか、槻南がどんな高校だったか、よくわかりました」

「高瀬君、ちょっと」と北野田。

高瀬は静かに言った。

「今日お聞きしたことは、本社にきちんと報告いたします」

「どういうことやそれ。あんたこのプロジェクトに水さすつもりか」

いきり立つ北野田だったが、高瀬はひるまず続けた。

「いいえ、私はただ、事実を伝えるだけです。この地域の人たちが、どんな感情で私たちを見るか、それに対して会社がどんな戦略で望むか、そのための資料提供が、私の仕事ですから」

しばし沈黙の間が流れた。ややあって小室がつぶやくように言った。

「槻南がいい高校やったということはわかってる。だから統合したんや」

「誰のためにですか」と中島。

「教育改革のためや。これからの高校教育のモデル校にするためや」

ママが何か言おうとした時、中島が言った。

「ぼくは新聞で読みました。新設校では、成績のええ子ばっかり特定のクラスに集められて、成績がもう一つの子は四組から後にされたて。それが、槻南つぶして作りたかった学校なんやとわかりました」

「それは一つの側面や。今にわかる」と小室。中島も答えた。

「はい、今にわかります」

にらみ合う二人を見ていたママが言った。

「お客様たち、子どもさんはおありですか」

「それがどうした」と小室がつっかかる。

「いえ、別に。失礼しました」

ママは、それ以上は何も言わなかった。

田代が立ち上がった。

「ほな、出よか。昼休みも終わりや」

「ありがとうございました」

ママは、笑顔で伝票を差し出す。受け取った北野田は、ちょっと顔をしかめて、見栄を張るように言った。

「なんや、安いな。どれだけぼられるかと思った。まあ、この先つぶれんようにがんばってや」

金を払おうとした北野田を、田代が制し、四人は黙々と割り勘で支払いを済ませた。若者たちは、黙って立っている。

「ありがとうございました。またお越しくださいませ」

小室が「ふふ、どうかな」と笑う。

四人が出ていこうとする時、五郎が大きな声で言い放った。

「お客さんらの仕事もたいへんやなあ。充実してますか。この子らのように」

三人は無言で、高瀬だけは笑顔で会釈して店を出た。

4

若者たちと一緒に、弘樹もテーブル席に座った。ママが勧めてくれたのだ。

「しばらく、一緒に食べてしゃべりなさい。仕事は気にしなくていいから」

みんなは、冷え切ったお好み焼きをもう一度焼き直して食べ始めた。弘樹もお相伴していると、ママが、フルーツ盛り合わせを持ってきてくれた。リンゴ、バナナ、オレンジとたっぷりある。

「適当に食べて。これはサービスよ」

中島が頭を下げた。

「ごめんな、ママ」

「あら、何が」

「おれらのせいで、あの客もう来んやろ」

ママは笑いながら答えた。

「そんなこと。あなたたちのせいじゃないわよ。こうなることはわかってたんだから」

弘樹は思わず立ち上がった。

「すみません。すべて、おれのせいです」

ママは、手を振って否定してくれた。

「ごめんね、ヒロ君、さっきは痛かったでしょ。五郎さん、暴力的なんだから」

「いえ、全然。あれは、自分の手を叩きはったんです。こうやって」

弘樹は顔の前で手と手を叩き合わせた。

「そやったん。さすが！」と宮崎。

「そう、さすがわが亭主。惚れ直すわ」

ママの言葉に、中島がすかさず言った。

「ああ、ごちそうさん。もうええて」

どっと笑いが起こった。五郎は、例によってどこかに隠れてしまっている。

「ところであなた達、今日は何か相談事があったんでしょ」

中島が答えた。

「そやねん。そろそろ同窓会やりたいな、思って」

「いいわね」とママがうなずく。

「学校の跡地でやりたいんや。なあ」

高山が続けた。

「うん。毎年一回は集まりたい。一回きりでは意味がないんや。ぼくらがたたかったことを風化させとうないんや」

中島もうなずいた。

「母校を忘れへん。たとえ学校がなくなっても忘れへん。ここでやりたい」

わかる。弘樹も同じ思いだった。この店に勤めているのも、ママの魅力もさることながら、この場所から離れがたいのだ。

宮崎が、つぶやくように言った。

「けど、そのうち、なんかできてしまうんやろ。大阪府が土地売却して」

「その時は、ここで集まろ」と高山。

「あら、こんな手狭なところに」とママ。

中島が真剣な顔で言った。

「立ってでもすし詰めでもええから、開会式だけやらしてください」

ママが笑いながら言った。

「まるで選挙事務所の出陣式ね」

「それだけやのうて、いろいろ力を貸してほしいんです。ママにも、オーナーにも」

中島の言葉に、ママがちょっと口ごもりながら答えた。

「ありがとう……でも、そんなこと言ってたら、いつまでたってもこの店閉められないわね。……正直言うとね。もう、そろそろ年貢の納め時かなと思ってたのよ」

やはりそうなのか。あんなに陽気にふるまっているようでも、もう無理なのか。弘樹は、一瞬目の前が暗くなった。

「そんな弱気なこと言わんといてください」

中島が強く言った。

「できる限り食べに来ます。みんなにも来るように言います。ヒロのことも、伝えます」

高山も続けた。

「交代で来るようにいいます」

ママの顔が崩れそうになった。

「ありがとう……元気出すわ……あなた達に、見せたいものがあるの。ちょっと待ってて」

ママはカウンターの奥へ引っ込んだ。

「ママ、泣いてたよ」と宮崎。

「めずらしいこっちゃ……また雨が降る」

いつの間にか戻っていた五郎が、また憎まれ口を聞いた。だが、みんなは笑わない。しんみりした空気が続いている。

「片づけてまおか」

高山の言葉で、みんなは、フルーツをつつきだした。弘樹は、食べ終わった食器を片づけ始める。

ママが、布で包んだ絵を持って出てきた。

「見てね」

「あ、それは……」

思わず声が出た。あの時の絵だ。厚紙で裏地もつけてある。

三人は、異口同音に叫んだ。

「あの時の花火や！」

それは、最後の文化祭の時、生徒会で打ち上げた花火の絵だった。

「ヒロ君の絵よ。すてきでしょ」

弘樹は、あの晩、家に帰ってから花火の絵を描いた。明け方まで夢中になって描いた。高校の授業では美術を選択していたが、それほど絵が得意だったわけではない。だが、あの日の花火は忘れられない思い出となって、目に焼き付き、心に刻まれていたのだ。それを何かしら形に残しておきたかったのだ。部屋の棚に置いてあった、去年のカレンダーを見つけ、その裏に書いたのだ。絵を描き上げると、下に、みんなで一緒に叫んだ言葉を書き込んだ。

廃校ムリムリ　青春アリアリ

久々にその言葉が耳に聞こえてきた。

三人は口々にしゃべりだした。

「花火上げるのたいへんやったなあ。安全管理上問題がある言われて」

「教頭先生、めっちゃ頑固やったな」

「許可が下りたん前の晩や。もうあかん思ったで」

「遅い時間にご近所回って、あいさつしたなあ。しんどかったで。怖いおっちゃんもいたし」

ママもうなずいた。

「うちへ来てくれたのがヒロ君と」

「私です」と宮崎。

「一生懸命な顔してたわね。二人とも」

あの時のママは優しかった。ジュースまで出してくれて、「ようがんばったね」とまで言ってくれたのだ。

「けど、何でママが持ってるの」

宮崎の問いに、五郎が答えた。

「アルバイト募集の張り紙を見て、こいつがやってきてな。ママと三人で、いろいろ思い出話してた時に、ママが文化祭の花火がよかったよかった言うてな」

弘樹は、そんなママに、自分の絵を見てもらいたくなったのだ。翌日持参したら、ママは子どものように喜んで、「素敵すてき」と何度もほめてくれた。

熱心に見入るママに、弘樹は、ふともらって欲しくなったのだった。ためらうママに無理やり押しつけるように絵を預けて、店を出た。

採用されて、ここで働くようになってから、時には思い出すこともあったが、いつしかもう忘れていた。こんな風に裏地までつけて大事に持っていてくれたとは思わなかった。

「一生懸命描いたのよね。ヒロくん」

「はい……」

「絵は心だよね」

弘樹は胸が熱くなった。

五郎が、ぽんと肩をたたいた。

「こいつな、店が終わった後、前にある学校の記念碑拭いてやがったんや。なあ。ちょくちよく拭いてるんやろ」

「……はい」

「寒い中で、なあ……」

しばらく、みんなは思いにふけった。弘樹は、誰に言うともなくつぶやいた。

「おれ、なんもできんかったけど、学校好きやった。……先生も、友だちも好きやった。……いじめもなかったし、毎日が楽しかった……」

「ヒロ君」

ママが肩をそっと抱いてくれた。

「あの人たちに、聞かせたかったたね。この絵も、見せたかったたね」

中島が立ち上がった。

「おい、同窓会で、また、花火上げよ！　絶対上げよ！」

高山もうなずく。

「ヒロ君、一緒にやろ」と宮崎。

ためらう弘樹に、中島と高山も声をかける。

「やらなかったら首ね」とママが言う。

弘樹もうなずいた。

「よっしゃあ！　具体的な相談しよ！」

中島の言葉で、四人は改めて座りなおした。

「まずは、どうやって、許可を取るかや」

中島がしゃべりだした時、入って来た客がいた。中年の女性と、その秘書らしい男性だ。女性は背を向けたまま入り口近くに立ち、男性だけがママに近づいて、名刺を渡し、小声で何か言った。ママは名刺をうけとり、女性をしげしげと見た。

「どうぞ、あちらです」とママが手招きし、女性は急いで奥へ行った。どうやら、手洗いを借りに来たらしい。

「悪いね。何せ、なんにもない所なので」

男が言うとママは皮肉な口調で言った。

「ほんと。なんにもない所にされてしまいましたの。困りましたわ。誰のせいかしら」

男は黙って煙草を取り出した。

「申し訳ございません。お煙草はご遠慮いただいてますの。未成年者が多く出入りしますので」

ママの言葉に、男はバツ悪そうに煙草をしまった。

「どうぞ、おかけになってください。よかったら、コーヒーでもいかがです」

「いや、ちょっと急いでいるから」

「お忙しいのね。今日は、視察にでもいらしたの」

「ああ……」

「視察」というママの言葉で、やっと弘樹も、女性が誰だかわかった。間違いない。テレビなどで見かける女性知事だ。

秘書とおぼしい男は携帯をとりだし、メールを打っている。

女性が戻ってきた。

「ありがとう」と、会釈した女性に、ママも軽く頭を下げた。女性は愛想よく言う。

「もうすぐ、ここに大きな施設ができて、お客さんも来るようになりますよ。繁盛しなはれや」

その時、五郎が大きな声で言った。

「へー。高校つぶした土地売り飛ばして、また無駄な施設ができまんのか」

「ハッハッハッハ」

女性は何も言わず、つんと顔を背けて店を出ていった。あわてて男は後を追う。

五郎は、後ろ姿に向かって、釣り竿をぽーんと振る仕草をした。

「五郎さん……もう！　すてき！」

ママは後ろから抱きつく。

弘樹たちは、あっけにとられて二人を見ていた。

この小説は、大阪での高校統廃合問題に題材をとったフィクションです。
この作品を書くにあたり
奥村和巳
佐伯洋
西村康悦
松本喜久夫　作
戯曲「廃校ムリムリ　青春アリアリ」を参考にするとともに、意見陳述のセリフを一部引用させていただきました。

8　夜明けに飛ぶ鳥

1

四月一日。いよいよその朝が来た。

大阪市立T小学校へ、新任教員として着任する高比良日登美は、辞令を携え、いくぶん緊張した面持ちでバスに乗った。見慣れた街並みがなんとなく違って見える。少し開いた窓から、暖かな春の風が吹き込んで、髪をなびかせた。

日登美は、ここ大阪市T区で生まれ育った。父の実は小学校教員で、今は教頭を務めている。母の咲子は看護師だ。共働きで忙しい二人に代わって、祖母の美奈子が何かと面倒を見てくれ、少し大きくなってからは友だちのように接してくれた。日登美はそんな美奈子ばあちゃんが大好きだった。

負けん気の強い日登美が男の子相手にけんかをして帰ると、母はすぐに叱りつけ、謝らせようとしたが、祖母はいつも日登美の言い分をきちんと聞いてくれた。「叱るのはちゃんとわけを聞いてから」というのが口癖だった。日登美には自分なりの正義感があり、弱い者いじめに反発してけんかした気持ちをちゃんと汲んでくれたのだ。

五年前から祖母は家を出て一人暮らしをしている。だが、いつも人が出入りしていてにぎやかだ。日登美も、よく泊まりに行った。進路のことや、友だち関係のことも相談に乗ってもらった。

そんな祖母の出身は沖縄だ。大阪の大学へ進学し、同郷の宮里耕介と出会って恋に落ち、子を宿したが、なぜか突然耕介が失踪するという不幸に見舞われた。沖縄の父に勘当を言い渡され、やむなく一人で子を産み、シングルマザーとして懸命に働きながら子どもを育ててきたのだ。ここT区は沖縄出身者が多い。今では、沖縄の戦争体験を語る会や辺野古基地反対の運動などに積極的に係わっている。

日登美が教師になったのは、父の影響ではない。祖母を見ていて思ったのだ。祖母は教師ではないが、周りの人に慕われ、相談をかけられる。日登美にとっても教師以上の存在だった。そんな人になりたいと思ったのだ。

地元の公立高校を卒業して、市内の短大に進んだ日登美は、小学校の教員免許を所得して、無事大阪市の教員に採用された。一回で採用されたのはラッキーだったと言えるが、父の話では大阪の教員はだんだんなり手が少なくなっているとのことだ。給与も今や全国最低という、維新府・市政の管理的な教育行政が敬遠されているらしい。

「まあ、お前も音を上げんようにな」

父が、励ましとも冷やかしとも取れる口調でそう言ったのをよく覚えている。いろいろつまづきを経験した父の本音だったのだろう。

だが、日登美は不思議と前途への不安はなかった。毎日子どもたちと過ごすことへの期待の方が大きかった。

日登美は、校長室で他の着任者ともども、校長、教頭と対面し、職員室で一同に紹介された後、校内人事が発表され、四年生の担任となった。学年は三学級だ。学年主任は横田健一、もう一人は角谷省吾、どちらも四十代ぐらいのベテラン教員だ。

職員室の机の移動などが行われた後、少し間をおいて、学年打ち合わせ会が行われることになった。更衣室で着替えを済ませ、日登美が四年二組の教室に行くと、スーツ姿の角谷が、子どもの机を移動して、会議のできるようにしていた。

「あ、遅れてすみません」

日登美は急いで手伝った。

「高比良さん。ぼくがきみの指導教諭の角谷です。よろしく」

「はい、よろしくお願いします」

向かい合って座ると角谷はじっと日登美を見た。

「最初が肝心やからね。くれぐれも子どもに舐められんように。ルールや礼儀はきちんと指導してください」

この時、書類を抱えた横田が入ってきた。

オレンジ色のTシャツ姿だった。

「遅れてすんません。しまったしまった島倉千代子。あ、お茶入れるわ」

横田は立ち上がろうとする日登美を制して、教卓に置かれたポットのお茶を入れてくれた。

対照的な二人だった。


一週間はまたたく間に過ぎ、始業式の日がやってきた。いよいよ子どもたちと対面するのだ。始業式で紹介され、担任発表を受けて、日登美は子どもたちの前に立った。いくぶん緊張気味な子どもたちを見ると、日登美はふとおかしくなった。

(この子らが、私以上に緊張している。まず仲よくなろう)

日登美は教室に入ると、かねて練習してきた手品を繰り出した。握ったこぶしの中からぱっとハンカチを取り出す手品だ。

おお、という声が起こり、子どもたちが集中してきた。

日登美は黒板に大きく名前を書いた。

「先生は高比良日登美と言います。好きなことは、ブラスバンドと水泳といっぱい食べることです。よろしくお願いします」

笑いと拍手が起こる。

日登美はこのあと出席簿を見ながら一人一人の名前を呼んだ。沖縄出身ということがわかる姓が多い。高比良という子もいる。

三七人の子どもたちの中で、太田茂という子だけ返事がない。始業式に来ないということは、よほどのことだろう。もしかして不登校なのだろうか。

「太田茂君、今日どうしたか聞いてない」

「あいつまた遅刻や」

教室がざわついた時、茂が入ってきた。

「オレの席どこ」

日登美に向かってそう言う茂は太った小柄な子だった。目つきが険しい。「子どもに舐められんように」という角谷の言葉がふとよぎった。けれども、日登美は笑顔でこう言った。

「よかったあ。来てくれて」

茂がニヤッと笑った。

こうして日登美の教師生活が始まった。

2

新任教師日登美の一週間は、ほぼ順調に過ぎた。休み時間が来るたびに子どもたちと遊んだりしゃべったりすることに努め、日登美の周りはいつもにぎやかだった。だが、授業はというと、うまくいっているのかどうかよくわからなかった。挙手して発言する子はごく少数だったし、宿題をやって来ない子も多かった。どうすればもっと興味の持てる授業になるのかと悩んだ。

指導教諭の角谷は、毎日子どもが下校した後、その日の様子を聞き、翌日の授業準備を確認して、助言をしてくれた。だが、その内容は管理的なことが多く、どうすれば面白い授業ができるのかはわからなかった。

「今日は名札をつけていない子が五人もいた。気をつけるように」とか「朝礼に出てくるのが遅いな」とか「靴のかかとを踏んで歩いている子がいたよ」とか、もっぱらそんな注意ばかりなのだ。授業については、指導書をよく見て、時間通りに進めることが強調されたし、掃除はきちんとていねいに、給食は残さず食べさせるようにとくり返し言われた。

そうした角谷の指導は必ずしも高圧的ではなく、穏やかな口調なのだが、心には響かなかった。何か違うという気がしていた。

日登美は、初出勤する前の晩、祖母もいっしょに家族で食事に行ったとき、三人から言われた言葉をスマホに打ち込んでいる。

「先輩や上司にかわいがられるように」と父。「仕事はどんなことでも一生懸命にしなさい」と母。どちらも二人の言いそうなことだと思ったが、祖母はちょっと違っていた。

「子どものくらしに心が届く先生になってや」

日登美はその言葉をことあるごとに思い返しながら、子どもたちに作文を書かせたいと思った。大学でも学んだし、作文を通して子どものくらしを知ろうと思ったのだ。

雨で体育ができなかった時、日登美は子どもたちに作文を書かせようとした。

「この時間は作文を書くよ」と言うと、子どもたちから「ええ」と言う声が上がった。

「題は自由です。長さも自由ですから、なんでも自分の書きたいことを書いてな」

日登美は明るく呼びかけた。

だが、子どもたちは一時間たってもほとんど何も書いてくれなかった。「書くことない」と言いながら一時間を過ごしたのだ。

やっと十人ほど、家族と買い物に行ったことや、夕食の手伝いをしたことや、野球の試合のことなどを書いてくれたが、どれも短いものだった。なぜだろう。この子らは作文など書いたことがないのだろうか。

角谷に聞いてみようかと思ったが、やめた。もともと授業の計画にはないのだ。国語の授業でやればいいと言われるだけだろう。

すっきりしない思いを抱えながら、新任研修に行こうとすると、横田に呼び止められた。

「ぼくも出張や。いっしょに駅まで行こ」

日登美は連れ立って歩きながら、ふと横田に作文のことを話してみる気になった。横田はなんどもうなずきながら聞いてくれた。

「作文書かすのは大事なことやけど、焦らんでええよ。五月からにしたら」

「そうなんですか」

「まず、日登美先生が失敗したことや困ったことをいっぱい語ってあげることや。この先生にはどんなこと書いてもええんやと思ったら、書いてくれる。それと、たくさん作文を読んであげることや。聞いてるうちに自分も書いてみたくなる」

そう言って、横田はカバンから一冊の本を取り出した。

「よかったら読んであげて。」

それは「教室で読んであげたい綴り方」と言う本だった。

それから日登美は、毎日給食の時間にその本の作文を読んでやった。子どもたちは笑ったり、つぶやいたりしながら聞いていた。


週が変わり、家庭訪問の期間になった。

「時間を守ること、茶菓の接待は辞退すること」等を、角谷に言い渡され、いくぶん緊張しながら、初めての家庭訪問がスタートした。

約束していた家を順番に回り、一日目の最後に訪ねたのは六時近くで、上垣真理と言う女子の家だった。真理は休み時間になるといつも一人で本を読んだりしているおとなしい子だ。

家庭調査書によると、家族は両親と真理、弟の悠。今年から一年生だ。

公団住宅の三回に上がり、ドアホンを押すと、「ママ!」と言う声がして、男の子が出てきた。弟だろう。

「こんにちは。お母さんいますか」

男の子は黙って奥へ引っ込み、真理が出てきた。

「お母さん、まだ帰ってません」

「え、家庭訪問の約束してきたんやけど」

真理は黙って携帯のメールを見せた。

「ママは急なお仕事ができてまだ帰れません。先生が来たらごめん言うといて。六時になってお腹空いたら、冷凍庫のピザ、チンして悠ちゃんと食べて」

日登美は上がらせてもらい、真理から家族のことを聞いた。

真理の話では、父は建設関係の仕事で台湾へ働きに行っていたが、去年の暮「お父さんはもう帰ってこない」と母に言われたという。

「亡くなられたの」と思わず聞いた日登美ははっと気づいた。亡くなったのならそう言うだろう。言わないということは、現地で何かが起こり、家族を捨てることになったのではないだろうか。きっと今は母子家庭なのだ。

この四月から母が仕事に行くようになって、弟と二人で過ごす日々。母の帰りが遅くなると夕食の用意もするという。

「そうか。お母さんお仕事で忙しいんやね」

時どき、母は夜の九時頃に帰ってくることもあるという。子育て中でも、そんな時間にしか帰れないのが社会の現実なのだろうか。

日登美の両親も忙しく、よく遅く帰ってきた。だが、祖母がいてくれた。その祖母も、きっと苦労して父を育てたのだろう。

日登美は「子どものくらしに心が届く」ということが少しわかったような気がした。

3

家庭訪問を終え、五月に入ると、日登美は改めて作文を書こうと呼びかけた。今度は子どもたちも、気軽に鉛筆を握って書き始めた。

ゴールデンウィークで、家族と遊んだり、田舎へ行ったりして楽しかった話が多かったが、シゲルの作文もその一つで、兄と一緒に遊びに行ったことが書かれていた。シゲルの兄は警察官で、いつも忙しいが、休みが取れて、ＵＳＪに連れて行ってくれたのだという。真理も一日だけ家族で遊んだことを書いていた。

日登美はかねてから学級通信を発行したいと考えていたが、これらの作文をシリーズで載せて行こうと決めた。

ところが、驚いたことに角谷から「待った」がかかった。新任のうちは、通信なんか出さんでいい。それよりしっかり教材研究をしてちゃんとした授業をするようにと言うのだ。

日登美は納得がいかなかったが、ひとまず引き下がるしかなかった。学級通信は大事な仕事の一つだと思っていたのに、なぜだろう。

日登美は、思い余って横田に相談した。

「それはおかしい。ぼくから角谷さんに話してみる。」

日登美はちょっと戸惑った。自分が角谷に反発して横田に頼んだとすれば、角谷との関係がおかしくなるのではないだろうか。

日登美がそのことを言うと、横田はちょっと考えてから答えた。

「君が通信で書きたいのは、子どもたちの作文なんやな」

「はい、そうです」

「そしたら、学級通信やのうて一枚文集として発行したらええ。文集作ったら、子どもが家に持って帰るのは当たり前や」

横田は笑顔で日登美を見た。

「ありがとうございます」

とにもかくにも、こうして日登美の一学期が終わった。懸命に走り抜いた日々だった。

夏休みの初日、午前中のプール指導を終えた日登美は、久しぶりに祖母の家を訪ねた。

「こんにちは！」

いきなり部屋に上がると、日登美は矢継ぎ早にしゃべった。

「ばあちゃん元気。帽子作ってんの。相変わらずマメやね。もうお昼食べた。なあ、この部屋ちょっと暑うない」

「相変わらずようしゃべる子やね」

祖母は苦笑した。

それから日登美は、ひとしきり学校での様子をしゃべった。両親にはあまり話していない自分の思いが、祖母には自由に話せた。

一段落ついたところで、祖母はひょいと帽子をかぶった。赤い鳥の刺繍がついた、おしゃれな帽子だった。

「どや。この帽子」

「素敵。赤い鳥がおしゃれ。ばあちゃん、鳥が好きやね」

「鳥は自由に飛べるよってな」

「ばあちゃんかて、今は自由やんか」

「そうでもないよ。いろいろあって」

祖母はふっと遠い目をした。

「この帽子な。仰山作って、売れたら辺野古のカンパにしようと思てるんや」

祖母は、ずっと、辺野古基地反対運動の人たちを支援している。故郷沖縄の問題であると同時に、日本全体の問題なんやと言うのが、祖母の口ぐせだった。

「お昼にしよか。なんか作ったるわ」

「冷やし沖縄そば食べたーい」

日登美は祖母の作る沖縄そばが大好物だった。夏場はこれが一番だ。

「はいはい。たっぷりあるよ」

「やった。私も手伝う」

「じゃまじゃま。休んどき」

祖母は台所へと立った。日登美は大きく背伸びをして本棚の前に立った。沖縄関係の本やファイルの間に古い大学ノートがあった。そっと取り出してみると、詩が書かれている。どうやら祖母が学生時代から書き綴った詩集らしい。ページを繰って行くと、「鳥」と言う詩があった。

鳥

昼すぎ　やはりそれは一羽の鳥の　かすかな飛翔であった

目覚めた時の印象をふつう私は信じない
しかし　夜半　私の不安を証明するように
例の鳥は私の内部で　するどく鳴いた
はばたきながら
鳥は私の胸の中に翼をつっこむ

ああ　くちばしをつつき合う音は激しい
夜は鳥を増殖したのだ
鳴き交わす鳥たち
たまごをあたためる翼のかたちで
私は寝床にうずくまる
体の内部へ　空翔る鳥の軌跡を埋め込むために

１９７０　美奈子

日登美は何かしら強い衝撃を受けた。もしかすると、この詩は、祖父とのくらしの中で創られたものではないだろうか。きっとそうだ。日登美は何度も読み返し、学生だった祖母と祖父のくらしを思った。まだ若く、将来がしっかりと見通せない混沌とした中で、激しく愛を求める祖母の姿が浮かんできた。

それにしても、祖母の感性はすごい。よくこんな詩が書けたものだ。祖父はどんな人だったのだろう。なぜ、突然失踪したのだろう。

「できたよ」

祖母の声を聞き、日登美は反射的にノートを元へ戻した。見てはいけないものを見てしまったという気がした。向かい合ってそばを食べながら、日登美はさりげなく聞いてみた。

「なあ、祖父ちゃんはどんな人やったん」

「なんやの、急に」

祖母は不思議そうに日登美を見た。

「優しい、ええ人やったよ。社会のしくみを教えてくれた」

それ以上は聞けなかった。祖母の心の傷に触れることになる。だが、いつか会ってみたいと思った。会えるような気がした。

4

夏休みも残り少なくなった。

二学期に向けて、そろそろ気になる子の家を訪問しといたほうがいい。近くに来たのでとか言って、さりげなく」

横田の助言に従って、日登美は、早速家庭訪問に歩いた。シゲルの家を訪ねると、近くの小さな公園で一人バットを振っているシゲルに出会った。

「兄ちゃん仕事で忙しいんやね」

そう声をかけると、シゲルはうなずいた。

「兄ちゃん沖縄へ行ったんや」

「え？　沖縄」

シゲルの話では、兄は機動隊に配属され、沖縄に行ったのだという。体力も根性もある兄貴だからだと、シゲルは得意げだった。

「そう、ご苦労様やね」

日登美は複雑な思いだった。基地反対の人たちが座り込みを続けている辺野古へ行って、住民たちと対峙しているのだろうか。だが、そんなことはシゲルと話すことではない。

「じゃあ、元気で始業式に来てね」

シゲルは、ニヤッと笑った。

「宿題まだできてへん」

日登美もニヤッと笑った。

その日の夕方、日登美が、難波のデパートに買物に出かけると、ハンドマイクで署名を訴えている青年たちがいた。日登美は少し離れたところで、その訴えに耳を傾けた。

「ご通行中のみなさん。私たちは、大阪沖縄の基地を引き取ろうと考え行動している団体です。同じ日本人として、沖縄だけに基地の負担を押し付けるわけにはいきません。本土は平等に基地を負担すべきではないでしょうか。大阪には米軍基地がありません。引き受けるなら大阪ではないかと考えます。もちろんこれは苦渋の選択です。基地など来てほしくないとお思いのみなさん。でもやはり日本を守るために基地は必要だとお考えのみなさん。沖縄の人たちの思いに応えて、一緒に苦労を分け合おうではありませんか。どうか、署名にご協力ください」

話を聞いている日登美を見つけて、署名版を持った女性が近づいてきた。どうすべきか、考えが十分まとまらないままに、日登美は、思い切って署名し、急いでその場を離れた。動悸が高鳴っていた。

いよいよ二学期が始まり、日登美のクラスは全員そろって元気に登校した。一人ひとりに声をかけながら、夏休みの宿題、自由研究を大切に受け取る。これも横田から教わったことだった。子どもたちが帰った後は、さっそく自由研究に目を通す。一枚文集も早く作りたい。昼食に行く間も惜しかった。

午後は各部の会議があり、それが済むと学年打ち合わせ会となった。子どもたちの様子を交流し、遠足の下見予定や校内研究会の準備など、一通り話が済んだところで、横田がさりげない口調で言い出した。

「今月の土曜学習で、地域の人をゲストティーチャーにして沖縄のことを話してもらおうかと思ってるんやけど、どうやろ」

角谷はちょっと首をかしげた。

「一学期の終わりに、社会科で沖縄のこと勉強したやろ。そしたらうちのクラス、夏休みの自由研究で沖縄のことを調べた子がおってな。十人くらいやったかな」

日登美のクラスにも沖縄のことを書いた子が五人いた。この校区は沖縄県人がたくさん住んでいるから、子ども達の関心もきっと高いのだ。角谷も特に反対はしなかった。

ところがその後、横田が驚くことを言い出した。

「それでな、高比良さん。君とこのおばあちゃん、高比良美奈子さんにゲストティーチャーで来てもらいたいんやけど、頼んでくれへんか」

「ええ？　家のばあちゃんですか」

「ああ、ぜひお願いしたいんや」

「はあ……」

横田は、祖母が、沖縄県人として、辺野古支援の運動や講演活動に取り組んでいることをよく知っていたのだ。そのことを横田が紹介すると、早速角谷が異を唱えた。

「基地反対の話を子どもの前でするのはどうかな。教育の中立性に抵触するでしょう」

「そんな話はしてもらわない」

横田は軽く手を振って否定した。

「高比良さんの戦争体験を話してもらいたいんや。熾烈を極めた沖縄戦のこと、その後の歩み、それを語ってもらえばありがたい」

「けど、話は自然と基地のことになるやろ」

「辺野古基地反対、安倍政治反対を訴えると言うようなことは控えていただく。ただ、現実に米軍基地があって色々な問題が起きているということは話してもらってもいいと思う」

「くれぐれも、親から苦情が来るようなことはないようにお願いしときます」

そう言って、角谷はしぶしぶ了解した。

打ち合わせ会が終わった後、よかったら今日一緒にお願いに行こうと言う横田に、日登美は難波での署名運動のことを話した。

横田は、じっと考え込んでいた。

「先生なら署名されますか」

「ぼくはしない」

「やっぱり、わたし間違ってますか」

「間違ってるとか間違ってないとかいう問題やない。署名は一人ひとり自分が正しいと思ってするもんやろ」

「私、それからからずっと悩んでるんです」

「君は真面目に物事を考える人なんやなあ」

　横田は目を細めて日登美を見た。

「ぼくは思うんやけどな。沖縄の人たちが苦痛なことは、誰にとっても苦痛なんや。痛みは他へ移すんやのうて、取り除くことや」

「取り除けるんですか。基地が」

「安保条約を廃棄すれば取り除ける。米軍基地は日本を守るためのものやない。アメリカ世界戦略の発信基地や」

　強い口調でそう言った横田は、ふと照れたように笑った。

「あ、すまんすまん、ぼくの考えを押しつけるつもりはない」

　日登美はその時ふと、沖縄にいるシゲルの兄のことを思った。

5

土曜学習の日は爽やかな秋晴れだった。多目的室に集まった子どもたちを前にして、祖母は語り始めた。

「……私は戦争が終わってから生まれたので、戦争中に子ども時代を過ごした人たちの書いた「赤ん坊たちの記憶」と言う本を紹介します。この中に、つい最近亡くなった私の兄の正一が書いた文章も載っているんです。兄たちは那覇にいたんだけど、十十空襲と言って一九四四年十月十日の朝に空襲があったの。兄はその時六歳です。……戦闘機が飛び交い、銃を撃ちながら泊方面へ飛んで行った飛行機はパイロットの顔がはっきりと見えた。学校から爆発したドラム缶がいくつも高く吹き上がる。うちの防空壕は使い物にならず、近くの酒屋さんのところへ逃げる。今にも焼け落ちて道路に倒れそうな電柱の前では、一、二、三と声をかけて走り抜ける。……戦争ってこわいですね」

子どもたちは真剣な表情で聞いている。

「私の兄は何とか生き残ったけど、たくさんの人が沖縄戦ではなくなりました。十八万とも二十四万ともいわれています。一般の住民の方も三万八千以上がなくなりました。……兄たちは九州の大分県に疎開したんやけど、戦争が終わって、アメリカ軍に占領された沖縄に戻りました。ちょっと読むわね。宿舎はテント小屋。土間に軍用ベッドを並べただけ。印象的なのは便所。ベニヤ板の雛壇にハート形の穴の空いた仕切りなし。子どものぼくでも嫌だった。食事は缶詰のビスケットと缶詰の桃。毎日似たようなものだった。……大変な生活やったんやね。戦争が終わった後は、日本中どこも大変だったんだけど、日本が独立してからも沖縄は、ずっとアメリカに占領されたままだったでしょう。それまで住んでいた土地を強制的に取り上げられて、基地が作られていったの。今も基地の問題がずっと続いています。みなさんもテレビのニュースとかで見ることもあると思います」

ざわめきが起こった。子どもたちもある程度の知識はあるようだ。

「私は、沖縄で生まれて育ってたんだけど、大学で勉強したくて、無理を言って大阪の大学に行かせてもらって、それからずっと大阪で暮らしてきました。でも、沖縄は大好きな故郷です。心の故郷です。みなさんのおじいちゃんやおばあちゃんも沖縄出身と言う方がきっとたくさんおられると思います。……みなさんも、これからいろいろなことを勉強していくと思うけど、沖縄のこともぜひしっかり考えて行ってくださいね。沖縄も、遠く離れているけど、同じ日本です。今日はお話を聞いてくれてありがとう」

祖母の話は、子どもの気持ちをつかんだようだった。

子どもたちを帰らせ、祖母と学年の三人は、コーヒーを飲みながら歓談した。

「高比良さん、今日はいいお話をありがとうございました」

横田がそう挨拶すると、角谷も「ありがとうございました」と、頭を下げた。

「まだまだお話しされたいことがあったんと違いますか」

角谷が問うと、祖母は笑顔を見せた。

「そうですね。もしかして、辺野古基地や高江のことを言うてはるんですか」

「ええ、まあ。抑えてはったんかなと思いました」

「五年生の子どもたちには、そういう話はまだちょっと。私の思いは思いとして、押しつけにならんようにせんといけませんから」

「それはそれは、感服しました」

角谷が頭を下げると、横田も続けた。

「おっしゃるとおりです。けど、高比良さんの沖縄を思う心は子どもたちに伝わったと思います」

「今日のお話を聞いたことも含めて、子どもたちが学習したことを、何かのかたちで、まとめて発表させたいと思っています。その節はよろしくお願いします」

横田がそう締めくくり、沖縄学習は無事終わった。祖母は丁寧にあいさつし、部屋を出て行った。

この日、横田は、日登美をお茶に誘った。

学校近くのファミレスに落ち着くと、横田は祖母への礼を述べた後、パンフレットを取り出して、日登美に見せた。

「ぼくとこの組合でな、冬休みに青年部中心に沖縄ツアーをやることになったんや。辺野古や高江に行って現地の人と交流したり、支援活動したり、教員同士の交流もする。ゆいまーるツアー言うんやけどな。それに君も行かへんか」

日登美はちょっとためらった。自分はまだ組合にも入っていないし、そんなところに行っていいのだろうか。その思いを口にすると、横田は大きく手を振った。

「そんなことは関係ない。誰でも参加できる」

「そうなんですか」

「もちろん、君には組合加入してほしいけど、それとこれとは別や。組合は、いずれ君が納得して入ってくれる時が来ると信じてるけど、まずは、その目で今の沖縄を見てきてほしいと思ってるんや」

横田はいつになく真剣な表情で日登美を見た。

「この地域で教育活動するからには、沖縄のことはどれだけ知っても知りすぎるいうことはない。必ず教育実践にも得るところがある」

「先生も行かれるんですか」

「いや、ぼくは他にすることがあって行けない。けど、君ならすぐ誰とでも親しくなれる」

行ってみたいという気持ちはある。祖母の故郷を、現在の沖縄を自分の目で体験したいと思う。だが、やはり即答はできなかった。

「少し考えさせてください」

日登美はそういって、話を収めた。祖母は賛成するだろうが、両親は渋るだろう。ともかく、自分がもっとしっかりすることだ。

横田は優しい表情でひとみを見ていた。

6

ゆいまーる交流会場では、二上知恵監督の「沖縄から憲法を考える」と題した講演が終わり、まもなく交流会が始まる。

舞台の幕が上がると、三線を引きながら「島唄」を歌う人たちが、オレンジ色のライトを浴びて浮かび上がり、拍手の音と共に会場が明るくなった。舞台上には、「未来をひらくプロジェクト」「ゆいまーる—見て、聞いて、学んで、つながろう—」のパネルが飾られている。

日登美は、大教組の青年たちと共に、立食パーティの皿や飲み物が置かれた丸いテーブルを囲んで着席していた。いったんは断ろうと思っていた沖縄ツアーだったが、ドタキャンが出たので、ぜひとも行ってほしいとの誘いを受け、参加を決めたのだった。

乾杯と共に歓談が始まると、右隣に座っている大教組青年部役員の中谷が、話しかけてきた。

「どうでした。二上監督の話」

「凄いショックでした。今まで知らなかったことが次々と出てくるから」

それは日登美の実感だった。祖母もあまり話さないような、基地に関する生々しい話が、次々と話されたのだ。

「メディアは本当のことをなかなか伝えようとしない。やっぱりこういうとこへきて学習せなあかんね」

「そうですね」

「これから高江や辺野古に行くから、生きた学習ができるよ」

「私、緊張します」

話が弾んでいた時、三線を抱えた青年が、テーブルに近づいてきた。

「みなさん、大阪ですか。ようこそ沖縄へ」

「ありがとうございます。どうぞ」

中谷が立ち上がり、椅子を勧めた。青年は、上間洋と名乗り、一礼して座ると、すすめられたビールを美味そうに飲んだ。日登美は、思い切って話しかけた。

「さっき舞台に出てはったんですか」

「はい。下手だけど」

「そんなことないでしょう。さっきの二見情話。すごくよかったです」

洋は驚いたように日登美を見た。

「え、ご存じなんですか」

「はい。私の校区は沖縄出身の方が多いので」

「そうですか」

それから、がぜん二人の話は弾んだ。

「私の祖母も沖縄出身です」

「そうですか。どちら」

「石川です。うるま市石川」

「ほんとですか。ぼくもうるま市です。すごい出会いですね」

「ええ、ほんまに」

「親が教員だったので、なんとなくぼくも教師になりました」

「私もです。父が教員で」

日登美は祖母のことなどを夢中でしゃべった。洋も、辺野古基地反対闘争に熱心な母のことを話してくれた。周りの青年たちは、そんな二人を見ながら、盛んに沖縄の料理と飲物を楽しんでいた。

「明日は高江ですね。ぼくもごいっしょしますので、どうぞよろしく」

洋はそう言って、テーブルをあとにした。

日登美は何となく胸がときめくのを感じていた。


翌日、ツアーの一行は高江に向かい、座り込んでいる地元の人たちと交流した。プレハブ小屋で状況の説明を受け、支援カンパを手渡した後、共に座り込みに加わった。日登美も一緒に座り込んだ。

座り込みの指揮者があいさつし、司会者が一行を紹介した。

「みなさん。今日は全国の若い先生たちが激励に来てくれました。教え子を再び戦場に送るなとがんばっている全日本教職員組合青年部の方たちです」

拍手を受けて、洋がリレートークに立った。

「上間洋と申します。琉球大の教授が、東村内の全小中学校の児童生徒アンケートを行った結果、授業中、飛行機やヘリコプターの騒音が気になると回答した子が七七％に上っています。オスプレイの音も聞いて怖いと思った子が四割を超え、深夜十一時までの飛び交う騒音で睡眠不足になり、翌日学校を休んだ子もいます。こんなことは教員として許せません」

洋は、歯切れよく演説する。かなりしゃべり慣れているようだ。

「十三日に名護市安部沿岸にオスプレイが墜落しました。それなのに不時着と言いはり、おまけに米軍司令官は『海へ落した、感謝しろ』などと言っています。私の両親は、返還前と同じ占領者意識だ。と怒っています。危険なオスプレイはいらない！　やんばるの森にヘリパッドはいらない！　ご一緒にがんばります。ありがとうございました」

拍手の中を、洋は、日登美たちの傍に戻ってきた。

「すごい。がんばってはるんですね」

「あなたも、こうやってがんばってくれている」

「私なんか何も知らない。何もしていない」

「でも、こうして来てくれた。ぼくたちはつながりあった。そうでしょう」

「はい」

「大阪もいろいろ大変なことがあるんでしょう。大阪維新の教育介入とか。子どもの荒れとか」

洋と日登美が話していると、傍らに座り込んでいた初老の男が訊ねてきた。

「あんたは、大阪から来たのかい」

「はい。大阪にお知り合いがいるのですか」

「ちょっといたことがあったんで……もう遠い場所だけど」

「そうですか。私の祖母は沖縄出身なんです」

「あなたのお名前は」

「高比良日登美です」

「高比良さん……」

男はそれっきり黙り込んだ。何かしら重荷を抱えているような横顔が気にかかった。

7

日登美がゆいまーるツアーから帰ると、瞬く間に年が明け、新年を迎えた高比良家では、祖母ともどども、にぎやかにお節料理の食卓を囲んだ。食卓には、祖母の作った煮しめや柿なますとともに、日登美がチャレンジした鮭のマリネや、かしわの唐揚げも並んでいる。

こうして家族がそろうのは三ヵ月ぶりだ。教頭職の父も、看護師の母も、年末まで忙しく働いていたので、正月の三が日は、高比良家にとって本当に貴重な休日だった。

「今年もよろしく」

父が少しあらたまってあいさつすると、「お疲れさんでした」と母が応え、四人はビールで乾杯した。

「あんたら暮までご苦労さんやったな。今日はゆっくりしてや」

祖母は父と母をねぎらい、ビールを注いだ。

「ばあちゃんも、いろいろ忙しかったんと違う。お正月の宣伝とかいうて」

「宣伝て……まさかお母さん」

「何がまさかやの」

「選挙にでも出るつもりかと」

「私が。何をしょうもないこと言うてんの」

祖母は笑い飛ばしたが、父は真顔だった。

「いや、聞いてますよ。最近あちこちで演説してるそうやから。戦争法反対とか憲法守ろうとか」

祖母はにっこりとうなずいた。

「今の政治が悪すぎるからや。あかんか」

「ほどほどにしてください。日登美にあんまり悪影響与えんように」

「何言うてんの。日登美はあんたと違うて、素直でまっすぐな子や」

「素直な子やけど、思い込んだらどんどん行くから、怖いわ」

母も日登美を見て、そんなことを言うのだった。

「子どもは親の思い通りにはいかへんよ。それぞれ自分の信じた通り生きたらええんや」

話はそこで途切れ、お節料理の話や母の活けた花の話題となり、食事は和やかに進んだ。

「日登美も、すっかり先生らしくなったやない。しっかりしてきたわ」

せっせと箸を動かしている日登美に、祖母がそう言葉をかけてくれたが、父はあっさりと首を横に振った。

「まだまだ、ひよっこや。ほんとに大変なのはこれからなんやで」

「おうおう、ようわかってるやん」

祖母は皮肉っぽい笑いを浮かべて母をみた。

「自分も初めは大変やったんやから。な」

父のつまずきをよく知っている祖母の皮肉に、父は苦笑してビールをぐっと飲みほした。

「ばあちゃんはいつも日登美に甘いからな。あんまり、甘やかさんといてや」

確かに、祖母は、いつも日登美の気持ちに寄り添ってくれる。父母以上の存在だ。だが、だからと言ってそれほど甘えているつもりはない。自分なりに祖母を見て、その生き方や考え方に共感しているつもりだった。同じく学年主任の横田に対しても信頼が深まっていた。横田と祖母はどこかよく似ている。そんなことを考えていると、なぜかふと、沖縄で出会った上間洋の顔が浮かんだ。

日登美は、スマホを取りだし、沖縄での写真を開いた。交流会や高江での写真を眺めていると、祖母がのぞきこんだ。

「沖縄ツアーの写真か」

「うん。見て。この人が上間さん。イケメンやろ」

「ほんまやなあ」

いっしょにスマホを見ていた祖母の表情が突然変わった。

「この人、誰」

「ええ？」

「この座り込みしている人や。名前聞かんかったか」

「さあ」

そう言えば、大阪にいたことがあると言っていた。それに、高比良と言う名前を気にしているようだった。

「ばあちゃん、知ってる人なの」

祖母は黙って写真を見続けていた。なにかある。日登美は胸の鼓動を感じていた。


食事がほぼ一区切りついた頃に、祖母はつと立ち上がった。

「ごちそうさん。今日はこれで帰るわ」

「え、今日はゆっくりしてってください」

驚く母に、祖母は笑顔で手を振った。

「今日中に行くとこがあるんよ。ごめんな。またな」

おかしい。今日は泊まって行くぐらいのつもりだったはずだ。何かあったのだ。あの写真かも知れない。

「ほな、私、そこまで送って行くわ」

日登美は、祖母に付いて家を出た。

最寄りのバス停までがゆっくり歩いて五分ほどだ。黙って歩く祖母に、何か話しかけようと思いながら、言葉が見つからなかった。

バス停まで来ると、ちょうどやってきたバスに、「今日はありがとう」と言い残して祖母は乗りこんでしまった。結局何も話ができなかった。

日登美は、気持ちが落ち着かなかった。すぐ家に帰る気がせず、なんとなく歩き続けた。近くの公園まで歩いていくと、トレーニングウエアーで走っている茂に出会った。後ろに付いているのは兄だろうか。

「シゲル君！」

声をかけると、二人は立ち止まった。

「お正月からトレーニングしてるんや、すごいね」

シゲルはうれしそうだった。兄に向かって、「担任の先生や」と告げると、兄は姿勢をただし丁寧にあいさつしてくれた。

「先生ですか。シゲルがいつもお世話になっています」

「初めまして。お兄さんですか。自衛隊にお勤めなんですね」

「辞めました。少し考えることがありまして」

「え、そうなんですか」

「はい。それでは失礼します」

兄はそう言うと、シゲルを促して駆け去って行った。日登美は後姿を見送っていた。

8

三学期が大過なく終わり、日登美は新任教員としての一年間を無事にやり遂げることができた。子どもたちとも離れたくなかったし、横田の傍にいてもっと指導してほしいという思いが募った。だが、これればかりはどうなるものでもない。春休みを充実して過ごそう。それは再び沖縄へ行くことだった。上間洋から、誘いの手紙が来ていたのだ。洋にも会いたかったが、もしかして、またあの人に会えるかもしれないと思うと、日登美の心が騒いだ。

那覇空港で迎えてくれた洋とともに、早速日登美は辺野古へ向かった。座り込みの人たちに加わるためだった。

辺野古の海は美しかった。すぐ近くの緑色から青色に変わって、もっと濃い藍色に変わって行く。まさにグラデーションの海だった。

「めっちゃきれいな海」

「美ら海って言うんだよ」

これが本当の海の色なのだ。日登美は「悲しい色やねん」と言う歌を思い出した。自然の海岸はもう大阪市のどこにもない。どこもかしこも埋め立てられている。そんな話をすると、洋は深くうなずいた。

「基地が造られたら美ら海も終わりだ。貴重なサンゴもジュゴンも……でもぼくらはあきらめない」

「あきらめないこと……覚えました」


二人は座り込みの場所に向かった。基地反対の幟や立て看板が並び、ぎっしりと座り込んでいる人たちの中にあの時の人がいるのではないか。

「どうしたの」

日登美が、懸命に誰かを探していることに気付いた洋が訊ねてきた。

「高江で会った人か……ここに来てるかなあ」

「もしかして会えるかなと思って……」

日登美は祖母の驚いた様子を話した。

「私、ずっと気になってるんです。何かあると思って……」

「わかった。いっしょに探そう。明日高江にも行けばいいし」

洋の言葉は心強かった。

二人が歩いていくと、洋の顔見知りの人が声をかけてくれる。あいさつを交わしながら進んで行くと、座り込んでいる初老の男と目が会った。間違いなくあの時の人だった。

「あの時の……」

日登美の言葉に男がうなずいた。

「高比良さんだね」

「え、私の名前を憶えていてくれたんですか」

日登美は驚いた。やはりこの人には何かある。

「ゲンちゃん、知り合いか」

男の横にいた同年配の男性が、声をかけた。この人はゲンちゃんと言うのか。日登美は吸い寄せられるように二人の傍らに座り、質問をぶつけた。洋も少し離れて座った。

「あの、確か大阪にいらしたんですよね。お仕事ですか」

「大学時代だよ」

ゲンちゃんはぽつりと答えた。

「沖縄からたくさん大阪に来られたんですよね。私の祖母も、自費沖縄学生制度で出てきたと聞いてます」

「そうですか」

洋が話に加わった。

「復帰前ですね。いろいろ大変な時期だったんですよね」

ゲンちゃんは黙ってうなずいた。日登美は思い切って言ってみた。

「あの、一度大阪にも来られませんか。ご案内します」

驚いたように日登美を見たゲンちゃんは軽く首を振った。

「オレは飛べない鳥なんだよ。あいつと同じさ」

「ヤンバルクイナですか」

洋の言葉に、ゲンちゃんはかすかに笑みを浮かべた。傍らの男が言葉を添えた。

「ヤンバルクイナは、日本で唯一の飛べない鳥だ」

「なんで。かわいそう」

「ただし愛情深い。一度カップルになったら、死ぬまで離れない鳥なんだ」

男の言葉を聞いて、ゲンちゃんは吐き捨てるように言った。

「そこはおれとは大違いだな」

少し気まずい沈黙が流れた後、男がとりなすように言った。

「この人は鳥が好きでね。何かと言うと鳥の話が出てくる」

ゲンちゃんは黙っている。

「いつも座り込んでは、鳥のことを書いた詩を読んでるだろ。ほら……朝、はばたきの音を聞いた」

「よせよ」

「はばたきながら鳥は私の胸に翼を突っ込む」

「よせったら」

日登美は強い電気で撃たれたような気がした。あの詩だ。日登美は思わず訊いた。

「その詩、もしかして、高比良美奈子の詩ですか」

ゲンちゃんは黙ったままだ。

「それ、私の祖母が創った詩です。その詩をどうして知ってはるんですか。ばあちゃんとお知り合いなんですか」

ゲンちゃんは手を横に振った。

「いや、知らない。知らないよ。……その詩は人からもらったんだよ。いい詩だと思って手帳に書いたんだ」

嘘だ。この人は嘘をついている。本名もきっと違う。だが、それ以上は聞けなかった。シュプレヒコールが始まり、一同は立ち上がった。日登美たちもいっしょにシュプレヒコールに加わった。


その後、ゲンちゃんはさりげなく立ち去り、話はそれっきりになった。日登美は、心を残しながらも、洋との会話では、もう何も言えなかった。

三日間の旅を終え、夏休みには、洋が教研集会などで大阪に来るから、また会おうという約束を交わし、帰途に就いた日登美は、機内で、帰ったら祖母にぶつかって行こうと思い続けていた。

9

沖縄から戻った日登美は、その晩、沖縄土産の泡盛ともずくを携えて、祖母を訪れた。

一刻も早く祖母と話し合いたかったのだ。

スマホの写真で見かけた人。辺野古で再会した、祖母の詩を知っている人。それは祖父ではないだろうか。

祖母は黙ってうなずいた。ゲンちゃんと呼ばれていたあの人は、祖父の耕介に間違いないと認めたのだ。

「私も、あの人が、どこでどうしているか、全く知らなかったわ。生きてるのか死んでるのか。もうどちらでもよかったけど」

それは嘘だと日登美は思った。祖母の心にはまだ祖父が住んでいる。スマホを見た後の変わりようでわかる。

「なあ、今度一緒に沖縄へ会いに行こう」

日登美の言葉に、祖母は首を横に振った。

「そんな気はない。私を捨てた人や。いまさら会う気はない」

「けど、あの人は、今もばあちゃんのことを思ってるよ。あの詩を読んでるし……何かよっぽどの事情があったんや。きっと」

「もうええから……せっかくのお土産いただくわ。ちょっと待っとき」

祖母はつと台所に立ち、簡単な手料理を添えて、泡盛を開けた。

「それで、沖縄はどうだったの。上間君とのことも聞かせて」

祖母が、祖父の話を打ち切り、話題を他にそらそうとしているのがわかった。今日はもう無理をしないでおこうと決めた日登美は、泡盛を傾けながら、沖縄で思ったことをあれこれ語った。祖母は、いつものように、日登美の話を楽しそうに聞いていた。


新年度になり、日登美は横田と共に五年生の担任になった。同学年だった角谷は教務主任になって学年から離れ、転勤してきた山下遥と言う三〇代の女性が同学年となった。組替えがあったので、持ちあがりではないが、およそ三分の一の子どもたちとはまた一緒になる。シゲルも引き続き受け持つことになった。

転勤してきた山下は、子育て真っ最中で、いろいろ苦労があるようだった。横田は、何かと彼女をフォローし、いつも早く帰らせるようにしていた。

一学期は順調に終わり、夏休みを迎えた。

プールの指導、研修会、生活指導。休みと言っても、ほとんどは出勤する日々だが、いろいろな研究会に出かけて学ぶことはけっこう楽しかったし、なにより洋と会うのが待ち遠しかった。

八月一八日から三日間、岡山で開かれた教育のつどいが終わると、洋は、大阪まで足を延ばして、日登美に会いに来てくれた。帰りは関空だから、天王寺に宿をとったという洋を、日登美は阿倍野ハルカスに誘った。天王寺駅のすぐそばの阿倍野ハルカスは、大阪一高いビルだ。二人は展望台に上がり、大阪の街を眺めた。

「あれが大阪城」

「そうです」

「さすが大阪は、高層ビルが多いな」

洋は、汗をぬぐった。

「大阪がこんなに暑いなんて。沖縄以上だよ」

「ヒートアイランドやから」

「それにみんな忙しく動いているね。エスカレーターでも立ってないで歩くんだ」

そう言えばそうか。でも、そんなことは慣れっこになっている。

「お互い、そんなもんだよ」

二人は、レストランのあるフロアーまで下りて、居酒屋風の店に入った。

「教研、お疲れ様でした」

「お疲れ様」

生ビールで乾杯すると、二人の話は弾んだ。

教研の話、沖縄での思い出、職場の様子。

洋は、教研集会の様子を短く語った後は、あまり自分のことを語らず、もっぱら日登美の話を引き出す聞き役になってくれていた。

日登美は、祖父のことを話し、ぜひ、もう一度祖母に会って、なぜ突然失踪したのかを話してほしいと言った。

「私、そうしなければ、一生ばあちゃんの気持ちがおさまらないと思うんです」

「わかるけど」

洋は考えながらしゃべった。

「ばあちゃんが、それを望んでいるのかなあ。今更、そんな話は聞きたくないと思ってるんじゃないかな」

確かに、祖母は、いまさら会いたくないと言っている。しかし、日登美にはどうしてもそれが本心とは思えないのだった。

「ばあちゃんに、沖縄へ会いに行ってと言うのは無理かもしれんけど。あの人に、大阪へ来てほしい。ばあちゃんの前で事情を話してひとこと謝ってほしい」

洋は、しばらく考えていたが、ぐっとビールを飲み干して答えた。

「わかった。何とかするよ。辺野古に行けば、またゲンちゃんと会えると思うし、君の気持ちを伝えるよ」

「ありがとう。私、手紙を書きます。それをぜひ渡してください」

「わかった」

この後、二人はしばらく黙っていた。何かを考えていたらしい洋が、突然、驚くようなことを言い出した。

「高比良さん。沖縄へ来ないか」

「ええ？　もう夏休みは残り少ないけど」

「旅行に来てというのじゃない。沖縄に来て、沖縄の教師にならないか」

思いもよらない言葉だった。

「いっしょに美ら海を守って行かないか」

「私が……」

「沖縄の子どもはかわいいよ。ほんとにかわいい」

祖母の生まれて育った沖縄。美ら海に囲まれた沖縄。そして洋のいる沖縄。日登美の心は騒いだ。だが、もちろんそう簡単に答えは出せなかった。

黙っている日登美を見て洋はつぶやくように言った。

「ごめん。突然こんなことを言って」

この話はここで終わり、二人は店をあとにした。暮れなずんだ街には風が出ていた。

10

夏休みが終わり、二学期となると、またあわただしい日が始まった。まだまだ残暑の厳しい中で、子どもたちの宿題を見ながら、日登美の心は揺れ続けていた。

「一緒に美ら海を守って行かないか」

あの洋の言葉が、ずっと耳から離れなかったのだ。運動会もさっそく練習が始まったし、子どもたちと、今まで以上に真剣に向き合わなければならないのに、こんなことではいけない。日登美はともかく目の前にいる子どもたちに集中しようと、懸命に自らを叱り続けた。そんな日登美を、横田は、時どき不思議そうに見ることがあった。

九月の運動会、十月の修学旅行。研究授業。一つ一つどれも大切な行事だが、日登美は、横田の指導の下に、大過なく行事をこなすことができた。

同学年の仲間が何かと意見のぶつかった角谷から山下に代わり、横田もずいぶん気が楽になったようで、二人を相手に駄洒落を連発する日々だった。山下も、学年の雰囲気に安心して、打ち解けている様子だった。

十一月に入ったところで、横田は、二人に学期末の土曜授業で、沖縄学習の取り組みを発表会としてやろうと提案した。

「五年の時から、ずっと沖縄のことを学習してきたしな。学習のまとめとして、発表会をやろうと思うんや。三学期は卒業前であわただしいから、十二月にやっておいた方がいいかなと」

「どんな内容でやるのですか」

山下の問いに、横田は、少し考えながら答えた。

「劇でもやれればいいんやけどな。ちょっとしんどいかもしれん。そう時間もないしな。壁新聞の形式などを使って、調べたことをまとめたり、作文を読んだり、歌を歌ったりでどうかなと思うんやけど」

二人はうなずいた。早速、役割分担が決まった。横田が進行と作文指導。山下が、壁新聞などの掲示物担当。そして、日登美は合唱指導を、音楽専科の小森泰子と協力してやることになった。小森は、五、六年担当なので、いつも一緒というわけではないが、音楽の授業を使ってやるということに落ち着いた。

横田の提案で、合唱曲が決まった。沖縄の小学一年生が創った「へいわってすてきだね」という詩をもとに、大阪の地域合唱団の人が作曲した曲を歌おうというのだった。

日登美も、その詩のことは知っていた。沖縄慰霊祭の追悼文として読み上げられ、その後長谷川義史の絵本にもなっている。博からもちらっと呼びかけ、聞いた記憶があった。平和について、いろいろな角度から、子どもらしい目線で語りかけていく、すてきな歌詞だ。小森に伴奏と指導を事実上引き受けてもらった日登美は、割と暇な感じだった。

ふと思いついて、日登美は、洋に手紙を書いた。祖父を、この発表会に招きたいという手紙だった。洋の言葉に心が揺れて、祖父への手紙を書こうという気持ちがどこかへ飛んでいたが、思えば絶好のチャンスだった。

沖縄学習を取り組んだ大阪の小学生を見に来てほしい。発表会に来てほしい。そう呼びかけ、あわよくば祖母と逢わせようという考えだった。祖母は当然、発表会に来てくれるだろう。そこでばったりと再会すれば、自然と会話になるだろうし、長い間のわだかまりを解くチャンスになるかもしれないと考えたのだ。

日登美は勢い込んで手紙を書いた。洋宛と、祖父宛の二通だった。洋から、すぐ返事がメールで届いた。必ず祖父に渡す。君の気持ちも伝える。だが、その後のことは、ご本人が決めるので来なくてもがっかりしないようにということだった。

発表会の成功よりも、祖父が来るかどうかを気にかけながら、日は瞬く間に過ぎて、発表会を迎えることとなった。

多目的室には、子どもたちの作った壁新聞が張り出され、学習ノートが机上に並んだ。沖縄戦の様子を伝える写真や、当時の手記なども新聞には盛り込まれている。宮森小学校への米軍機墜落事件の記事や、少女暴行事件に抗議する大集会なども紹介されていた。

作文の発表では、出身が沖縄で大阪に移り住んでいるが、今も祖父がよく話を聞かせてくれる。沖縄にもっと行ってみたいとか、早く基地がなくなるといいという思いが、こもごも語られた。聞いていて日登美は、偏っているのではないかと、管理職や一部の保護者から言われそうな不安を覚えたが、参加者はこぞってうなずいてくれ、温かい拍手を送ってくれた。誰もが沖縄の思いに寄り添うという気持ちで来てくれているのだ。

祖母の美奈子は、ゲストティチャーに来てくれたことがあると言うことで、来賓扱いだったが、一般の保護者席に座っていた。日登美は何度も祖父の姿を見つけようとしたが、来ていないようだった。

最後に合唱が発表され、「へいわってすてきだね」と歌い終わると、大きな拍手が起こった。祖母も立ち上がって拍手を送っている。子どもたちも満足げだ。

沖縄学習発表会はこうして成功のうちに終わった。

横田たちと、帰っていく保護者を見送っていると、シゲルの兄が近づいてきた。

「本日はありがとうございました」

きちんと姿勢を正して一礼した兄に、日登美は驚いた。

「こちらこそ、来ていただいてありがとうございます。今、どうしてはるんですか」

「A新聞の販売所で配達をしています」

それから、少し立ち話になった。今日の発表の感想などを聞いていると、兄は、自分から自衛官を辞めた理由を説明し始めた。

「正直に言うと、沖縄の人たちを押さえつけるような仕事が辛くなりました。今はすっきりしています」

兄はそう言い切って、シゲルをよろしくお願いしますと言い残して帰っていった。日登美は見送ってから、横田と話している祖母の傍に行くと、突然祖母が驚きの表情を見せた。

「耕介！」

振り向くと、祖父がひっそりと立っていた。

11

祖母と祖父は、机を挟んで座ったが、しばらくは黙ったままだった。祖母は、祖父の言葉を待っていたが、祖父はうなだれたまましゃべろうとしなかった。日登美は教室へ戻らなければならない。やむなくその場を離れようとしたとき、横田が声をかけてくれた。

「子ども見とくから、ゆっくりしていいよ。休憩して、今日の感想文書かせとく」

「すみません」

日登美も祖母の傍らに座って、祖父の言葉を待った。

「君の前にこうして出られる資格のないおれだが、せめて一言詫びを言わせてくれ。このとおりだ」

深々と頭を下げる祖父だった。

「何があったのか話して」

祖母の問いに答えて、祖父はゆっくりと語り始めた。

「あの日おれは、取り返しのつかないことをしてしまった。……どうしても欲しかった本を、つい万引きしてしまったんだ」

祖父は、苦しそうに眼を閉じながら続けた。

「カバンに本を隠して本屋を出たとき、男に呼び止められた。ちょっと話があるというて」

「店員さん？」

「尾行されてたんや。公安や」

「ええ！」

公安と言うのは公安警察のことだろうか。

「学生自治会幹部が本を万引き。新聞社にリークしてやる。運動に損害を与えたということで、お前は同志たちの信用を失い、処分されると」

「汚いこと言うね！」

「協力すれば、黙っておいてやると言われ、明日の晩また会おうと言われた。……おれはいったん協力を約束し、その場を逃れた」

「そやったん……」

日登美は七十年代当時の学生運動のことをほとんど知らない。日登美の過ごした大学生活からすれば、まるで別世界のような学生運動が行われていたということはかすかに知っていたが、こうして話を聞くのは初めてだった。

「どこをどう歩いたのか覚えていない。土砂降りの雨の中を歩いて、君の下宿に来てしまった」

「なんで話してくれなかったん。ちゃんと自己批判して、解決すれば……」

「勇気がなかった。おれの恥ずかしい面を見せたくなかった。すまん」

次第に祖母の表情は柔らかくなり、祖父の言葉にうなずき始めた。

「それで……」

「夜明けとともに、大阪を離れた。ひたすら逃げた。広島、高知、熊本とあっちこっち転々として、その場しのぎの日雇いや、スナックの店員やらを繰り返し、少し金ができると、お袋に送った」

「実家へ帰らんかったん」

「ああ、思い切って母に詫びようと沖縄に帰った時は、もう死んでいたんだ」

祖母は強く叫んだ。

「どうして！　どうして私には一言も連絡してくれなかったんや」

「何度も連絡しようと思った」

祖父も強く言った。

「だが、怖かったんだ。仲間たちに合わせる顔がなかったし、君にも……」

しばらく祖母は黙っていた。当時のことを思い出しているのだろうか。それとも気持ちを整理しようとしているのだろうか。祖父もじっと黙っている。ずいぶん長い時間が過ぎたように感じられた。

祖母が立ち上がって叫んだ。

「身勝手です！　エゴです！」

祖父はうなだれたままだった。

「私は、歯を食いしばってあなたの子を産みました。親から勘当され、生きるために必死で働き……」

あとは涙で言葉が出ないようだった。いつも明るくおおらかな祖母の、こんな激しい姿を見るのは初めてだった。いつしか日登美も涙があふれてきた。

「すまなかった！　おれは知らなかった。知らなかった」

祖父も涙声に変わっていた。

日登美は改めて思った。愛する人に、理由もわからないまま突然去られ、親や世間の厳しい目にさらされながら、女一人で子どもを産み、生き抜いてきた祖母の歳月は、どんなにか辛かっただろう。どんなに恨み言を言っても足りないだろう。

だが、日登美は、祖父を軽蔑することも憎みこともできなかった。ここに自分の過去をさらけ出し、誠実に詫びようとしている姿。そして、それなりの人生を懸命に、前向きに生きてきた姿。それはやはり日登美にとって大事な祖父だった。

何とかして二人の心を結び合わせたい。そんな思いが突き上げてきて、日登美は祖母に縋りついていった。

「ばあちゃん。もう許してあげて。こうして会いに来てくれたじいちゃんを許してあげて！」

祖父は深々と頭を下げた。

「日登美さん……すまん……」

日登美は、祖母の肩をゆすりながら訴えた。

「ばあちゃん！　許してあげて」

祖母は、日登美の手を強く握った。

「日登美、もう何も言わんでええ。あんたの気持ちはわかってる」

「ばあちゃん」

「あんたは優しい子や。私の命や」

日登美は祖母に抱きついた。

「ありがとう。耕介と会わせてくれて」

それは、長かった日々をすべて流し去るという思いを込めた言葉だった。祖父は静かに泣いていた。日登美は、祖父の手を握った。

「じいちゃん」

初めて握る祖父の手は暖かかった。

日登美は、涙をぬぐって、その場を離れた。急いで教室に行かなければならない。後は二人で話し合うだろう。

日登美の心は弾んでいた。沖縄の青い海がふと目に浮かんだ。

12

翌日は日曜日だった。朝食もそこそこに日登美が祖母を訪ねると、家の近くの公園で祖母が佇んでいた。

「早起きして散歩すると気持ちええな。今日は暖かいし」

日登美が来ることを予想していたような祖母の笑顔だった。

「何言うてんの。じいちゃんはもう帰っていったの」

「ああ、さっき、飛び立っていった」

日登美は絶句した。今日は祖父とも一緒に語り合いたいと思っていたのだ。

「日登美によろしくなって、言うてたよ」

「結局、父さんたちには会わずに帰っていったん。なんでやの」

「その方がええんや。時が来たらまた会いに来る」

時というのはいつなのだ。祖母はそれでいいのだろうか。

「沖縄から基地がなくなった時かな」

「そんな。いつのことや」

「あの人は、残りの時間を基地撤去の運動に捧げる言うてた。一緒に過ごした頃のような目をして、そう言うた……」

祖母は自分も遠くを見るような目で、つぶやくように言った。

そうなのか。祖父は、基地反対の運動に帰っていったのか。祖父はそれでいいとして、祖母はいいのだろうか。

「その日がいつ来るか私にもわからん。けど、あの時とは違う」

祖母は日登美を見て笑顔で言った。

「あんたのおかげで、長い間の胸のつかえが少しは取れた。ありがとう」

二人は、ベンチに座って、しばらくそれぞれの思いをかみしめていた。

日登美は、ふと思い出したあの詩のことを祖母に聞いてみたくなった。

「なあ、ばあちゃんのあの詩、どんな気持で書いたん」

祖母は、しばらく黙っていた。

「どんな気持ちやったんやろね……鳥になってたんやろね」

「鳥に」

「あの人の中に、私の命を吹き込みたい。けど、それはいつか破綻するかもしれへん」

日登美の戸惑った様子を見ながら、祖母はゆっくりと続けた。

「誰もが経験するやろ。青春という不安やいら立ちやちょっとした願いや。要するに理屈では言えん気持ちや」

「ちょっとだけわかる。その詩が、四十年以上経って、二人をまた繋いでくれたんやね」

「そうかもしれんな」

鳥の鳴き声がした。少し寒くなってきたが、祖母はまだベンチを立とうとしなかった。

「ところであんた、彼氏に沖縄へおいでと言われてるんやろ、どうするつもりや」

日登美はちょっと驚いた。祖母はなぜそんなことを知っているのだろう。

「耕介が言うてたんよ。日登美ちゃんを誘ってると上間さんから聞いたそうや」

そうだったのか。二人はそんな話までしていたのか。

沖縄に来ないかと言った洋の顔を思い浮かべながら、日登美はきっぱりと言い切った。

「行きません」

祖母はちょっと意外そうな表情で日登美を見た。

「洋さん、はっきりと私にはプロポーズしてくれんかった。私はそう言ってほしい気持ちもあったけど、そうは言わんかった」

「シャイな人なんやな」

「そうかも。でも私は物足りなかった」

それは日登美の本当の気持ちだった。祖母はうなずいて、軽く日登美の髪を撫でた。

「一緒に沖縄でたたかって欲しいという気持ちは分かったんやけど」

「そしたら、いつか結婚しようということになったかもわからんよ」

そうかもしれない。だが、日登美はきっぱりと言った。

「うん。けど私、大阪で教師を続ける」

「そうか」

その思いは、子どもたちと共に取り組んだ発表会を成功裏に終えたことによって、しっかりと固まっていた。

「沖縄で、子どもたちを教えて、座り込みもして、がんばっている洋さんを尊敬する。けど、私は大阪の子どもたちを一生懸命育てる。あの子らに沖縄のことを知ってもらう」

それは日登美の決意だった。

「私も、大教組の組合員になったんやし、一人前の大阪の教師になりたいんや」

祖母は満面の笑顔でうなずいた。

「えらいなあ。あんたはえらい」

日登美も笑顔で答えた。

「ここで洋さんやじいちゃんと一緒の思いで、できるだけのことをやって行きます」

「そうか」

日登美は陽だまりのベンチで祖母に頭を持たせかけていた。師走とは思えぬ暖かさだった。

突然バタバタと公園の鳩が飛び立った。

「私も飛ぼかな。ここらでいっちょ」

祖母が突然つぶやいた。

「え、それって、もしかして」

「耕介のとこへ行こうかな」

「すごい」

祖母が、祖父とこれからの人生を歩む。失われた日々を取り返す。沖縄の地で、手を取り合って闘い、愛し、生きる。なんてすばらしいのだろう。

「すごいけど、ばあちゃんいなくなるのいや」

「ほな、あんたも来るか」

再び日登美の心はチラッと揺れた。だが、それは一瞬だった。いつかは自分も、親離れならぬ祖母離れをしなければならない。祖母の新しい人生を、心から祝福しよう。

二人は立ち上がって、公園の中をゆっくりと歩いた。

「羽ばたきの音を聞いた。
昼すぎ　やはりそれは一羽の鳥の
かすかな飛翔であった」
日登美は、すっかり暗唱した、あの詩の一節を口ずさみながら歩いて行った。

新しい年はもうすぐだった。

※詩「鳥」は佐伯洋詩集「象の青い目」より引用させていただきました。

【初出】

そこにある希望	民主文学	2013年2月号
ありがとう、きみへ	大阪泉州文学	2016年第52号
明日も笑顔で	民主文学	2018年2月号
子どもと共に生きる街	民主文学	2020年11月号
いのち輝いて	民主文学	2023年1月号
新たな朝	民主文学	2024年4月号
青春花火	大阪泉州文学	2023年第59号
夜明けに飛ぶ鳥	作文と教育	2018年6月～2019年5月連載

「そこにある希望」を謳う

草薙秀一（作家）

著者は戯曲を長く書いて来た人である。それゆえ、作劇術としての作品構成やストーリィテラーとしてのセンスに優れている。

この作品集は八編で構成され、全編にあふれているのは、教育現場でのかぎりない子どもたちへの愛情である。読後、私の中にたっぷりと注がれたのは、「教育」とはまさに子どもたちを育むという営為をはるかに超えて、その人間性を豊かに養い個々の可能性を引き出して、真に人間らしい社会を実現するための営為なのだと痛感させられたことだった。「教育」とは知識の授与の場というより、人間としての魂のふれあいこそがその真の意味なのだ、ともかみしめさせられた。また、教える教師たちがかえって子どもたちに教えられる立場にあるという場面にも出会えて、新鮮な発見があって深く認識を改めさせられた。

非人間的な校則や、競争社会で窒息させる「教育」を押しつける保守層や「日本維新の会」。それに抗する教師群とこどもたち、そして父母たちの姿がリアルに描かれていて、苦闘する教師像を描く視点は、日本社会の民主化の課題にまで届いている。この作品集は教師と子ども、父母たちの葛藤と苦悩を通して、人間と「教育」の前途の希望を照らし出そうとしているのである。

『そこにある希望』の主人公杉田あかりは和歌山大学の学生である。当初教師になる志はなかったが、大学の講師である戸田優子のゼミのフィールドワークで戸田の「作文」の授業を見た時、「生き生きとくらしを語る子どもたち」に魅せられ、教壇に仕事を志すようになり、やがて中河内市の小学校教師に採用される。戸田はあかりが最も信頼する相談相手だったが、「子どもに寄り添う教師になって」と助言される。

あかりは二年生の担任を命ぜられるが、そのクラスは一年生の折には担任が五回も交代していた。山岸校長は問題学級ではなく産休などが重なってのことで、フレッシュなあかりに任せたいといった。割りきれない思いを抱いたが、担任となったあかりは自己紹介を「手品」で行い、子どもたちとの初対面でその心をつかむことには成功した。

順調に学級運営は滑り出せたが、やがて授業を終えての家庭訪問をこなさなければならなかった。それぞれの家庭には事情があり、また様々な反応や要望もあった。ちょうどその折に中学教師の佐々木浩介に出会い、あかりの小学校の担任が五回も代わった話をすると、佐々木も自校の教師も過労死で倒れた話をしてくれて、原因は「今の大阪の教育行政のひずみ」にあり、「過労死」や「定員不足」を生んでいると教えられ、目を開かされる。

春の遠足などの行事をこなす中で、山岸の松下信子へのパワハラに出合う。山岸は松下がいつも「指導案」提出が遅いと激しく叱責する。周りの教師は既定通りの「指導計画」を守ることで評価されるとあかりに説く。

あかりは、松下を力づけようと、学校が和やかでなかったら子どもたちもほっとできないと思うと述べると、松下はそんな学校なんてもうなくて、あるのは競争と評価のみだと、退職することさえ口にする。

あかりはしかし、偶然に戸田優子や佐々木浩介たちが維新の会の提案した「君が代起立条例」反対署名の場に出遭い、その主張に山岸校長の「強制の教育」姿勢と重なることに思いあたって署名に協力する。

そうした成長の中で、ことなかれ主義の教師も巻きこんで、校長の干渉にも抗して「かさこ地蔵」の研究授業を押し通す。そこでは子どもたちがいきいきと発言しその後、佐々木たちの地域活動にもふれ、やがて佐々木が執行委員を務める「大阪教職員組合」に加入する。あかりは戸田や佐々木に「どんな時でも子どもたちに希望を語るのが、教師の仕事」であり、目の前の子どもたちこそが希望であるという言葉を胸に深く秘めて教師の道を歩み出す場面で作品は閉じられる。ここには「教育」の真の意味が高らかに謳われている。

この「希望」をこそ見すえ、その行く末をはばもうとして戦前回帰ともいえる「教育」を復活させようとする大阪維新の会や日本会議なる人々への憤怒と、その逆流を押しとどめようとする若き教師たちや退職教員の未だ衰えぬ「希望」に向かっての情熱の姿には胸が熱くなる。

『**ありがとう、きみへ**』では、中学教員の楠田哲史と秋山沙織の教科書選定問題と幼保統合をめぐる闘いの中でむすばれる二人の愛を描いているが、そこには、子どもたちへの深い愛情を歌った「生まれてくれてありがとう」という歌詞がなによりも人間への信頼・賛歌として響いてくる。

また『**明日も笑顔で**』は光橋若葉は民間の会社に勤めているが、娘の通っている保育園が閉鎖され、幼稚園と統合されようとし、市の説明では「国の方針に基づいて作られる「認定こども園」の宣伝ばかりで、納得できず、ましてや何回も事故を起こしている空港や、自衛隊基地近くにつくられるという。当然のように保育所つぶしに反対する「パパママの会」を結成して署名に取り組むが夫はラグビーに夢中で協力的ではない。だが高校時代の親友の大杉香苗などとも協力し合って運動を進める。香苗の夫陽介は協力的で、母親は元教員で平和運動や教科書問題にとり組んでいる人であるが、彼女は「子どもは私らの希望」であり「子どものために大人は」けんめいに努力しなければならないと説く。この作品でもやはり、未来を創る子どもたちへの「希望」が語られる。

『**子どもと共に生きる街**』では小中一貫校のモデル校で学年主任と生活指導部を担当している山村信二が主人公である。彼は二つの担当を命じられて評価されていると校務に励んでいる青年教師である。だが、教頭から小学卒業式では中学生の服を着るように通達せよと命令されるが反発する。また教頭は二歳の双子を育てる三崎先生に、帰宅時間が早いと叱責し、組合攻撃も口にする。

三崎は「認定保育園」反対署名活動をしていて、信二は三崎と対話をする中で「小中一貫校」への疑問を抱き、「認定保育園」廃止問題と「小中一貫校」の問題と重なることを認識する。さらに高校廃校計画反対運動をする恩師の吉岡と再会して言葉を交わす中で信二は変わってゆく。恩師は国と維新の会の教育方針が間違っており、親と教師を対立させてきたことを指摘する。ここではやはり維新批判が鋭さを増してゆく。やがて信一は三崎たちの活動に協力し、皆、子どもたちへの熱い思いを持っていて、共に生き、自分も子どもといっしょに生きてゆくという深々とした思いにとらわれる。

『いのち輝いて』ではこだま障碍者作業所で働く八木早苗の姿を描いている。父親が働いていたその職場での姿を見て、「人間的で温かい職場」だろうと就職を決めた。

作業所は創立四十周年を迎え、早苗の思った通りの「人間が人間として大切にされ、一人ひとりのいのちが輝く」社会を目指している所だと確信する。だがその思いに至るまでには、人と向き合い方に悩み、友人にも引け目を感じたりして、父親にさえ「壁にぶつかっている」と見られる。だが先輩の導きに支えられて成長してゆく。創立記念日に肩組み合って、♬あなたの笑顔がぼくらの生きがい♬の歌声が胸に響く。

『新たな朝』この作品は三七年間務めた小学校教師久保民子が退職し、母の介護の問題を抱えながらも、これからはやりたいことを楽しもうと思った。その矢先に、共産党の地元選挙区候補の個人後援会の事務局長を依頼される。「赤旗」の集金に来る谷本だけでなく、候補者本人からの要請とあっては断り切れなかった。

それからの民子は大阪維新の会の進める大阪市と府を一元化する「都構想」をめぐる住民投票の闘いに奔走することになる。母の介護を引き受けてくれている弟とも「都構想」をめぐって言い争いになるが、最後には弟も「反対」に投票する。

退職した直後、「もうがんばり続ける生活はしたくない」と考えていたが、身を粉にして勝利した充実感で、「新たな朝を迎えた」思いに満たされる。ここには社会運動と己の生き方の新鮮な結びつきと第二の人生の出発ともいえる姿がさわやかに描かれている。

『青春花火』はお好み焼き店が舞台の「複合的教育施設」計画による高校統廃合により母校が廃校になることをめぐっての卒業生たちと企業に癒着した役人たちとのやりとりの中で、文化祭の時の花火を思い出す。そこにはかけがえのない青春があったことをほうふつとさせるものがあり、それを断ち切るものへの怒りが描かれている。

『夜明けに飛ぶ鳥』では新任教師高比良日登美が着任する時から始まる。日登美の祖母は沖縄出身で戦争体験を子どもたちに語ってくれる。その影響を受けて沖縄ツアーに参加する。訪れた地で聞いていた祖母の悲恋の相手と出会う。そうしてその理由を知る。祖母はかつての恋人の消息と自分の目の前から消えた事情を知って、「私も飛ぼかな」とかっての恋人のもとに行こうかなとつぶやく。日登美はその時、「羽ばたきの音を聞」く。

私は冒頭に「教育」とは、「魂のふれあい」であり、「希望」を示すことではないかと書いた。私は読後、そのことをやはり強調したい。この作品集を貫くキーポイントはそこにあり、それこそがよりよき社会を実現してゆく道程の一つではないか、と確信させられたことである。人間の最もよりよき感性を奏でる「教育」というものの「芸術性」さえ感じさせてくれる八作品である。

草薙秀一（くさなぎ・しゅういち）＝日本民主文学会幹事。著書に『フィリピンからの手紙』（第三回「文学評論」文学賞受賞）、『射光』（かもがわ書店）、「小説の花束Ⅲ所収『蜜柑畑』」（新日本出版社）、『大阪環状線』（新日本出版社）などがある。

あとがき

本書に収めた作品は、私が、日本民主義文学会に加入し、小説を書き始めてから現在に至るまでの短編小説を集めたものです。表題作「そこにある希望」は、小説第三作です。

私は、青年期から学校劇を中心とする戯曲を書き続けてきましたが、教員を退職後、日本民主主義文学会大阪泉州支部に加入し、先輩たちに学びながら小説を書くようになりました。

戯曲から小説を書き始めてまずぶつかったのは、情景描写の難しさ、視点の問題でした。戯曲では自由に場面を変えて書くことができるのですが、小説では視点人物のいない場面は書くことができません。そんな難しさを感じながら、小説の勉強を続け、最初に書いたのが「新任教師」という作品でした。続いて「オーストリア王の帽子」という作品を書き、第三作が、表題作「そこにある希望」です。この作品はもともと戯曲として書いたものでしたが、小説として書く中で、あらためて痛感したのは、戯曲は、上演され、演出、俳優さんの演技、舞台装置、衣装、照明、効果音楽などによって、作者の意図した思いが、観客に伝えられるが、小説は、それらのすべてを作者一人で表現しなければならないと言うことでした。

「何と難しいのだろう。小説は」

これが私の思いでした。同時に、戯曲で学んできた、起承転結などの構成、人物の性格をのです。表す無駄のない会話、対立・葛藤の重視など、小説に生かしたいと思うことも多々あったのです。

私は、小説を書きながら、戯曲も続け、「二刀流」をめざして歩んできました。本書の「青春花火」や「夜明けに飛ぶ鳥」など、作品の多くは、戯曲として書いた作品を小説として書き直したものです。今後も二つの道を精進したいと思います。

作品世界の多くは、教育現場を舞台にしていますが、今、教育現場は、私が働いていた時とは比較にならないくらい、厳しく、働き辛い場所になっています。教職員の管理統制、多忙化、人員不足、時間外労働など本当に深刻です。

とりわけ大阪の教育現場は維新政治の下で、高校つぶしや学校統廃合、競争をあおるチャレンジテストの実施など、さまざまな教育破壊が進められてきました。人手不足は保育の現場も同様でしょう。こうした状況の下で、何よりも被害を被るのは子どもたちです。政治の責任で一日も早く改善することが必要です。

私は、そんな厳しい中でも、希望を失わず、子どもたちに寄り添ってがんばる教職員や保育士のみなさん方をできる限り生き生きと描きたいと思い、一連の長編小説や諸短篇に取り組んできました。力不足ですが、読者の方々に少しでも共感していただければこの上ない喜びです。

二〇二四年六月　　松本喜久夫

◆著者略歴
松本喜久夫（まつもと・きくお）

1945年三重県生まれ。三重大学学芸学部卒業。

38年間大阪市の小学校教員をつとめる。

日本民主主義文学会会員。日本演劇教育連盟会員。

著書に『おれはロビンフッド　松本喜久夫脚本集』（晩成書房）、『明日への坂道』（光陽出版）、『つなぎあう日々』、『希望を紡ぐ教室』（新日本出版社）、『風に立つ』（本の泉社）など。

そこにある希望《きぼう》

2024年7月29日　初版第1刷発行

著　者：松本喜久夫
発行者：浜田和子
発行所：株式会社 本の泉社
〒160-0022　東京都新宿区新宿2-11-7　第33宮庭ビル1004
TEL：03-5810-1581　FAX：03-5810-1582
印刷：株式会社エクスパワー
製本：株式会社エクスパワー
DTP：杵鞭真一

ISBN 978-4-7807-2262-8 C0093